时间就像是炽热流动的松油，一旦被其浇筑，
所有喜怒哀乐悲欢离合都成了凝固在琥珀里的
定格标本，真实但又模糊。

IP公话
Public Telephone

一生之年

九里云 著

中国海洋大学出版社
·青岛·

目录

Contents

石安水电站 013

建设路五金店 129

清泉寺 187

一股寒冷奇袭般侵入身体，李伟却还是从纸杯里舀了一勺冰激凌放进嘴里。他认为物极必反——冰激凌热量高，吃下去过一会儿或许会比此刻暖和。当然，这也是在几瓶红酒下肚后，残留的意识提醒自己——吃冰的东西能稍稍保持一下清醒。

在喧嚣吵闹的地方待久了，本能会渴望清静，好在这派对的会场外是一块楼顶平台：他隔着玻璃落地窗，看着酒吧里的人个个喜笑颜开、举杯畅饮、摇头晃脑，而站在外面只听得到低音炮发出的沉闷节奏，犹如哑剧般诙谐。

思语和逸航在里面招呼着李伟进去，他朝他们摆了摆手，示意想在外面多待一会儿，顺便看了下手表，时间差不多快到了。

今晚的十二点钟声敲响，就是新的一年。

李伟惆怅地叹了口气。此刻，这一年中重要的经历一幕幕在脑海里回闪，人好像一到极为关注时间流逝的时候就会习惯总结过去发生的事。何况他是一个怀旧的人，对时间又爱又恨。

一方面，时间的流逝能够越发衬托珍贵的事物；而另一方面，时间就像是炽热流动的松油，一旦被其浇筑，所有喜怒哀乐悲欢离合都成了凝固在琥珀里的定格标本，真实但又模糊。

他放下纸杯走到楼顶平台的边缘，楼下白天热闹非凡的街道此时空无一人。主路上一直留着几条轮胎的泥印，许久都未添新。入夜后下过一场不小的雨，使得马路上倒映着一串路灯，好在雨没下多久便停了，否则冒雨参加跨年派队会让人感到些许扫兴。

城里的许多商圈都在举办跨年晚会，喜好热闹的年轻人大多去了那里。显然，这里并不是热门商圈，今晚甚至比平时还要显得冷清。

城北这片地方，只有一屋子的人疯狂摇摆。

想到所有事物都会像这热闹非凡的派对一样转瞬即逝，李伟突然心生失落，醉酒感并不能缓解他的情绪，反而无意识地踩在楼顶边缘踱来踱去。这儿围栏是空的，向外跨出一步就会跌落到楼下的人行街道。

在今年最后一分钟的时间里，李伟借着酒胆把注意力转移到保持身体平衡上，不再去盘点这一年中大大小小的事。

路灯的光将街边还残留着几片叶子的银杏树影，投射在楼顶平台下的墙上，像一只只手从深渊伸展到平台边缘，显得神秘而诱惑。李伟停留在边上等待着倒计时的到来，这时玻璃房内传来倒计时的声音——

“10”时光飞逝，

“9”一年又一年地度过，

“8”炽热的松油又要淋上来了，

“7”那就张开双臂享受浇筑，

“6”突然，他被边缘淋过雨的青苔滑倒，

“5”李伟失去了平衡，

“4”身体倒向了深渊，

“3”路面上的落叶簇成了一个金色光圈，

“2”果然是喝醉了吧！这大冬天会有青苔？扯淡，

“1”谁说冬天没有青苔？！这里是南方的嘛！

不存在跨年的钟声，一切比真空的宇宙还要寂静。

李伟躺在床上，还未从刚才惊悚的梦境中走出来，直至发觉身体已感触到软绵的床垫，才确信自己还活着。昨晚聚会太过疯狂，记不起喝了多少酒，嗓子到现在还如灼烧般疼痛。至于何时又如何回到家中，完全断片了。

他眯着眼睛环顾四周，母亲又把床头柜上的空气加湿器收了起来，床尾原本靠墙的空气净化器也不知去了哪里。空调还在默默运行着，看来是躺下后身体感觉到了冷，睡着前本能地打开了它。

李伟将身子侧躺，摸到枕边的手机，时间是2015年1月1日10：30，手机屏保是一幅在网上随处可见的新年欢庆海报。他盯着这幅图发愣许久才想起，昨晚为了迎合新年气氛，不得已用了这样一幅大红大紫的图片，并不是他本人的习惯。

早在大半年前喜欢上摄影后，手机屏保都是自己拍的照片。李伟正打算点开手机换图片，恰好来了一条消息显示在屏幕正中。

“平原：醒了没？新年快乐！我大概十一点半到春熙路，估计我们要去吃的那家馆子今天特别火，所以我先去排队！到时联系。”

突然间，一阵晕眩如电波般掠过大脑，李伟后悔昨晚凭着酒胆干了那杯“红白双混”。可恶的逸航，将一大杯白酒倒在了红酒里，还和大家一起起哄逼着我干！就是那一杯下肚，往后发生的所有事全都断片了。

“嗯，啥事啊？你不是在云南吗，怎么回来了？”李伟缩在被窝里侧躺着用双手回复，酒气未消，手机屏幕立刻附上了一层水雾，像是相机没对上焦那样模糊。他赶紧将屏幕在枕巾上蹭了蹭。

“啊？云南？你是不是昨晚喝多了！现都几点了，还没缓过来哟？我刚和逸航联系了，他都出门了，你也快点儿！”平原回复。

“是哪家？我忘记了，我的确是喝多了，脑壳儿还有点糊！”李伟这才反应过来，输入法变成了平时很少用的全键盘模式，便又去设置里改回了九宫格。

昨晚发生了什么奇怪的事？

“哈哈，看来昨晚跨年夜玩嗨了还没醒！是在锦绣餐厅！你懂的哈。”

“哦，好的，还是老地方哟！”锦绣餐厅是成都有名的“苍蝇馆子”，起初是一对下岗夫妻为了养家糊口而开，当时街坊邻里同情他们，经常会去光顾，可谁知这对夫妻做菜的手艺了得，美味绝伦，便口碑相传，名声在外，如今已经开了二十多年。去年竟还上了国外知名电视台介绍成都的纪录片，这馆子就成了来成都旅游必去的馆子之一。这个时候要去吃，排上一两个小时的队很正常。

李伟洗漱完毕后感觉自己清醒了不少，他发现屋里没人，母亲估计一早和姨妈们去百花潭公园打小麻将去了，父亲在国外工作，要到春节才回家。

他拿起手机准备给女友林思语发新年问候短信，不过找遍了手机和微信的通讯录就是没找到林思语的联系信息。

李伟揣测，昨晚喝酒时一定做过把手机里恋人的联系方式删除的游戏。记得以前聚会玩过这个游戏，一堆扑克牌中谁抽中了黑桃三，谁就要删了恋人的联系方式，接下来看第二天是否还能找到对方。也不知道昨晚离开的时候思语怎么样了，还是等吃了午饭后直接去她的公寓找吧，平时假期思语都要睡到下午一两点才会起床，到时候再去不算晚。

他从冰箱里拿了一瓶牛奶便出了门，那么好吃的馆子，早饭午饭一起吃，能多吃点。

李伟、平原和逸航是大学毕业后同时进公司的同事，平日里关系非常好，进公司后的第一个跨年晚会他们就约定以后每年元旦都要在一起聚一聚。今年本也不该例外，然而平原在上月底被公司调去了昆明分公司，李伟就以为大家这次没有组织。

平原的回来使得他颇感意外，因为前几天在和平原通话的时候他还告诉李伟，计划元旦带着家人去抚仙湖游玩。莫非他突然有什么事要对我们说？是要和刘茜茜办婚礼了？他们这一对也是共患难的，去年一起经历了那件事，新的一年要坚定不移地在一起了吧？

头天晚上下过雨，空气变得透彻清凉。成都冬天的空气，经常是被水气包裹着的雾霾，平日街头巷口几乎每个人都戴着口罩，貌似正经历着战争，目光所及之处，都隔着一层发黄的纱帘。

今日那纱帘了无踪迹，好像有人终于在布满灰尘的玻璃上用湿布擦出了一片透彻。

毕竟天气还比较寒冷，李伟打开天窗吹了一会儿便关上了，他住在通锦桥，离春熙路开车需要十分钟。今年元旦与往年并无太多变化，由于小长假的关系路上的车流不像周末那样堵，大部分本地人都喜欢在这样的假日里去周边的古镇游玩。他很容易找到了一个有空位的商场停车场，保安在递停车卡时微笑地问候了一声“新年快乐”，这样的服务一年只有一次。从停车场出来李伟径直向锦绣餐厅走去，边走边在三人的微信群里发消息：“马上就到，等我几分钟。”

“好的，我和逸航已经在门口了。刚才我早到拿了号，马上轮到我们进去了。”果然，提前到网红餐厅排队是明智之举。

“好！我要吃藤椒水煮鱼，帮我先点上。”李伟回复道。

“服务员说没有了。”逸航的句子后面跟了一个白眼的表情。

“不是吧？不会是售罄了吧？这个是他们上个月出来的新菜啊！我和平原一起吃过！”

“你是不是记成其他馆子了？这里压根就没这道菜。”逸航句子后面换成了一个流汗的表情。

“我也压根没和你吃过，你不光是记错了馆子还记错了人，昨晚喝酒还没醒吧？”平原似乎也一头雾水。

“？？？”一连串问号，李伟觉得很奇怪，自己和平原十天前就来这里吃过。他和林思语前几天也吃过这道菜，还清楚地记得食材用的是刚开始流行的龙利鱼，无刺的鱼肉口感爽滑鲜香还包含着回味悠长的椒麻味。

“对了！”他忽然想到，因为这道菜其他馆子吃不到，所以当时还拍了照片发给朋友们极力推荐，“等着我发图片给你们看。”

然而，当李伟点到手机相册的那一刻，整个人却瞬间僵在了原地。

显然，里面并不存在那张藤椒水煮鱼的照片。相册最底部的那张合照是他与同事们一起参加前年，也就是2014年12月31日，在万象城跨年晚会的照片。那天周迅来到成都的万象城和观众们一起倒计时，李伟艰难地挤到前排用手机拍下了当时的盛况。而再往前翻居然是和前女友杨怡在各种餐厅以及旅游景区的合照！

而这些，已经是手机里最新的影像记录了，刚过去的2015年，一整年的记录荡然无存！

回想着梦境里的倒计时，自己坠下楼以及当时那个发光的圈，有种诡异的预感涌上李伟心头。

春熙路步行街上人潮涌动，许多时装网店都喜欢请模特在这里街拍，以此来展示自家最新款的衣服与都市时尚的契合度。步行街来往的人群往往是摄影师们最爱采用的一种背景元素，将人群虚化成背景和清楚细致的模特组成照片，会给人一种接受和融入、过去和当今的对比。如今，这样的对比在商业宣传中成为经典手法。

此刻的李伟就在这样的背景中变成一座雕塑，雕塑慢慢将头抬起，发现自己面前是一个庆祝新年的充气牌坊。

“欢庆2015年！新年快乐！”李伟机械地默念着这几个数字，两边的卡通羊用欢天喜地的表情看着他，像是嘲弄。

顷刻间，疼痛的晕厥感在脑中蔓延开，李伟立刻扶着身边的长椅坐下，他感觉到自己的身体像是经历了百米冲刺般，变得疲惫不堪。他深呼吸着，回过头再次确认自己没看错那第四个数字。

“有可能搞错了！”李伟环顾四周，他看到一家苹果手机店便冲进去问店员最新的苹果手机是什么型号。

“我们店里最新手机的是IPHONE6。”李伟仔细辨认着店员说的每一个字，确认她说出数字6的后面没有加“S”。

“那6S呢？你们这里卖不卖？”他用期待的眼神盯着店员小妹。

小妹一脸茫然地摇摇头，好像觉得自己被玩弄了：“嗯，6S？还没出来吧，估计要年底了。”

“哦，好的，谢谢。”李伟头部的疼痛感一直在持续。

刚走出苹果手机店，平原的电话就打来了：“在哪儿呢？怎么还不来？菜都端上来了。”

“哦，我，我在过马路了，马上！”

李伟猜这一定是场梦境，只是他睡得很沉，以至于一切都那么真实。他咬了咬手指，感到疼痛难忍，不敢再去做自残的事。

而更可怕的是，自己那记忆中的2015年才是场梦境。

李伟走入餐厅与平原和逸航边吃边聊，话题内容，字字句句都似曾相识。

平原在聊他去年最喜欢的电影《星际穿越》:“这次《星际穿越》在2月的奥斯卡典礼上肯定会被评为最佳影片。”

上回在此地此刻听到这句话时李伟高度赞同，这部影片他看了不下三遍。影片最后四维空间的场景让每一个对高维空间感兴趣的观众一饱眼福，那里的时间能够具象化，给人以无限种可能。

可李伟记得，一个月以后的第87届奥斯卡最佳影片是《鸟人》。而《星际穿越》各个奖虽都有提名，最后却只得了个最佳视觉奖。

“嗯，虫洞在三维世界是球状形态，这样的细节，电影里都如实展现出来了！很少有这种硬科幻的电影了。”李伟重复着“去年”说过的话，毕竟他未曾看过《鸟人》，而现下他也不愿挑起话题来讨论。此时最好就是和之前一样，不改变任何事情。

他低头夹起一块水煮牛肉在口中细细品味，朝天椒的辣味、花椒的麻味，还有肉在齿间的鲜嫩口感每个味蕾都那么真实，这和以往梦境里吃东西时的麻木触感完全不同。

难道是和电影里男主角一样跌落到了平行空间吗？他若有所思地咀嚼着。

“昨晚喝了酒，脑袋还是有点晕。等会儿你们去玩吧，我想先回家休息。”午饭结束前李伟放下筷子。

“什么？只有我们两个去就不好玩了，你还不如和我们一起到桌游吧，先在沙发上睡一会儿。”桌游吧就在春熙路，三人来到吧台照常点了咖啡和小食，今天人不多，李伟找了张角落里的沙发便躺下了，感到今天发生的事不可思议，他仍认为这是一场梦。然而就在刚才，进出室内外时呼吸的每一口空气，温差显得如此真实。

算了，别想那么多了，李伟闭上眼只想赶紧醒来。

隐约中感觉有人在推自己，他眯着眼看到平原站在一侧：“快起来了，你都睡了俩小时了！正好有人走了，补个缺。”

“啊？！”他觉得还不到五分钟，连入睡前模糊的意识都没出现就被叫醒了。李伟将信将疑地坐起来，端起咖啡喝了一口，居然已经凉透了，这才确信睡了那么久。

游戏中李伟抽到了平民卡，果不出所料地被第一个杀掉，这个情节和经历过的一模一样，李伟发表完“遗言”后继续发呆。

第一轮游戏很快就结束了，开始了新的发牌，这次他抽到了“预言家”，这个身份抽到的概率很低，所以他对这轮游戏的结果印象深刻，哪几个是狼人他一清二楚。上帝视角的体验前所未有，李伟尝试着其中的乐趣。逸航这个狼人在首轮就被投出，他在游戏结束后用难以置信的表情对李伟说：“你推断得太准了！

好人竟然全都活下来了！怎么做到的？”

“哈哈！全都是猜的，运气好而已！”他提起大衣，“我头还是有点疼，先回家了，就不和你们一起吃晚饭了。”

在梦境中游玩快一整天了，李伟想早些摆脱，也许回到家里的床上重新醒来一切就会恢复正常。他忽然想起思语，这个昨天还和他一起跨年的挚爱，恋爱时长虽还未满一年，但情投意合如胶似漆。而在2015年初，他们还未曾相识，此刻的李伟在不久前恢复了单身。对于那个叫杨怡的前女友他一点儿也不愿意去想起。

和过去的经历一样，他打开手机在“新”的一年里把关于前女友的影像记录全部删除。

天色渐暗，李伟回到了家，家中依然空无一人，原来早上老妈不是和姨妈们去打小麻将了，而是和老爹一起去国外旅游了。按照“去年”的经历，他们还有两个星期才回来。李伟依然感到昏昏沉沉，他躺在沙发上闭目养神，回想这不可思议的一天。

这是梦境吗？为什么会这样呢？让我回来是什么意思呢？我怎么才能够回去呢？这些问题一直在他脑海里回响，弄得自己已分不清究竟哪个才是真实的。渐渐的，他觉得累了，睡着了。

一夜无梦，醒来第一件事就是点开手机的锁屏界面。

“2015年1月2日8：04。”昏睡，闭上眼睛再次昏睡。

再次醒来已是午后，他真实地感受到了饥饿，打开冰箱家里从来不缺速冻饺子，立刻煮了一袋充饥。连味觉和饺子的温度都那么真实，根本不像是在做梦。

李伟来到电脑前开始上网查起了关于平行空间的理论，理科成绩不怎么好的他，大致读了一会儿关于单电子双缝干涉实验的介绍就已头晕目眩，只好放弃。他躺在电脑椅上看着天花板，回忆着刚才读到的科学理论，牵强解释着，自己确实来到了平行空间。

他又开始昏睡，其间每次醒来都要看一下时间是否恢复正常，他目前的状态不比喝得酩酊大醉好多少。

石安水电站

元旦假期就这样在昏睡与恍惚中度过了。

新年上班的第一天李伟从床上爬起来，抱着侥幸心理瞥了一眼手机上的日期“2015年1月4日”，乖乖洗漱完毕出了门。

他在蜀山工程物资公司工作，公司属于国有，在川渝云贵藏地区的主要城市都有分公司，主营业务是工程物资，对应的客户则是大大小小的工程建设单位。

李伟是公司总部的办公室副主任，平时的工作是上级单位指令的上传下达，写写报告，安排领导行程和公司食堂管理之类。自己的工作并不是公司主业，公司的利润和业绩都是平原和逸航这样的业务骨干支撑，所以他很是佩服这两个人以及所有在经营部门任职的同事。

开年第一天是中层以上领导们的例会，开会资料已经在元旦假期前准备好了，李伟进了电梯努力回忆着“去年此时”是保存在了电脑里的哪个盘哪个文件夹里。

公司福利不错，只要你愿意每天三顿饭都可以在这里吃，李伟除了节假日都在公司吃。他像往常一样走进了食堂，元旦的三天假期已让他逐渐适应了当前的环境，他推想或许在某个时刻一切都会回到正轨，而目前只好重温这一年的经历。

他拿起餐盘，前面还有几个同事正在排队夹菜，新年的第一个工作日食堂菜品并没有什么特别变化。他一边排队一边朝座位张望，看到平原和逸航已在老位置上用餐了，便相互招了招手。

“新年快乐！”有人在李伟身后拍了拍他的肩膀。听到这个声音他心头一怔，急忙回过头，一个同龄男人正微笑着注视他。他突如其来的问候使得李伟完全没有心理准备，他的眼神变得恍惚不敢直视这个男人，侧着头极其不自然地点了点头，憋出一句：“新年快乐，好久不见啊！”

回过头取餐时李伟发现自己的眼眶竟然莫名地被泪水填埋！情不自禁这种事原来还真的有。他赶紧装作咳嗽埋头用衣袖挡住脸部，趁机擦去差点流出的泪水，好在大家都未注意到自己的异样。那个同龄男人已转身与其他同事互相问候，寒暄着假期里和家人去了哪里游玩之类的话题，一伙人取完餐之后便散开坐到各自的老位置上了。

“他！我根本没料到还会再看到他！对，这是2015年年初！难道这就是我回来的理由？”李伟端着餐盘，发觉自己举步维艰，全身的血液都集中在了头部使得他面红耳赤，汹涌澎湃。他极力控制住了情绪，眼睛却不知道要聚焦到哪处。

平原注意到李伟表情的怪异，等他坐下来问道：“你怎么了？假期这几天发生什么事了？”

“没，没什么……”李伟有些语无伦次，能听到自己的声音在颤抖，他用力深吸了一口气，努力调整回状态，“大概是昨晚没睡好吧，你也理解理解，放了个小长假嘛！第一天上班也容易打瞌睡。”

“也是，你肯定昨晚又去哪里嗨了！都不带我们两个！”逸航埋头喝粥随意打趣道，他未曾注意到李伟的表情。

此时的李伟，转过头目不转睛地盯着那个和他打招呼的男人，他从来未曾对一个男人端详得那么仔细，可以说是细致入微。

那男人穿着棕色西装，戴着金属边框眼镜，个子不高却很干练，这个人和李伟是同一年大学毕业进的公司。由于工作出色他刚担任了经营部经理，是公司最年轻的中层，他在公司人缘很好，当了领导后丝毫不具有架子范儿。由于是同届入门，李伟自工作以来就和他接触得比较多，在上岗培训时也住在同一寝室，由此结下了深厚的友谊。

他的名字叫佘泽晗，李伟上次见到他时是在市火葬场。那天的佘泽晗除了没戴眼镜也是今天这打扮。不过，他可不像眼前这样能说会动，而是闭着眼安静地躺在玻璃棺材内等待着被推入火化炉。

零号·2015.7.24

虽是盛夏时节，可昨晚一夜暴雨直至现在还没停，以至于早上的空气异常阴冷，让人分不清季节。周五早晨总是让年轻的上班族们心不在焉，地铁站人流的高峰期人群撑着伞不断地进入涌出像一个个彩色的浮萍，萍水相逢后又各自回到自己的轨道。

聚散离合，一切那么自然又如此的没有规律。

李伟收起伞，在写字楼门口的踏毯上渍干鞋底走进了电梯厅。电梯门口的广告屏插播着今明两天的天气预报，由于听不到声音只能看到滚动字幕上说这场雨预计还要持续三天，电梯关上门的前几秒，他从门缝里看到电视屏幕上播放着一段一大片碎石，从某座山上翻滚下来的画面。

他像往常一样打卡后走入办公室，里屋的灯居然亮着了，这说明高主任已经到公司了。老高平时都是踩点来的，今天居然来得这么早，有点反常，于是好奇地靠近里屋门口探看。

“赵总你们快到石安了吧？您一定要注意安全！别急，我和小吴通过电话了，他说救援队已经赶到了，那边山路不好走还在下雨，一切要小心！随时保持联系！”高主任在里屋踱来踱去，急促而大声地对着电话讲，转过身正好看见李伟站在门口，“小李你来啦！我昨天半夜就打算联系你的，结果记得你晚上睡觉习惯将手机弄成静音，所以就没打电话。事情是这样的，佘泽晗在石安恐怕出了点事故，还没有联系上，我通知过他妻子和母亲来公司了，你等会儿就和她们坐张师傅的车一起去，赵总和司机凌晨三点多就出发了。你在车上的任务是要抚慰好家属的情绪，给她们打气。目前佘总是什么情况、怎么样了，一切都还下不了定论，还有一线希望。我过会儿和老婆去他家里陪他父亲和女儿。”

高主任毫不歇气地说了这样一长串话，这位平日里处变不惊、淡定自如的办公室主任，此时好像到了情绪崩溃的边缘。

“啊？是什么时候联系不上的？”当时的李伟心中虽有不安，但依旧认为情况不会那么糟糕，听到高主任这番话的时候还显得比较镇定。

他想起，去年也有两个同事在出差时失联了一整夜，原因是山路上没有信号，又遇上了大堵车，他们在车上睡了一夜，等到第二天中午开出山了才取得联系，使得公司上下虚惊一大场。

高主任有些困乏了，他拎起刚烧开的电水壶往茶杯掺水，茶叶在杯里打着旋，颜色很清淡，看样子是泡过很多轮了，不难看出他整个通宵都在办公室。

老高坐下来点燃了一根烟，声音略带哭腔地说道："佘泽晗是昨天下午一个人开车回石安旅馆的时候失联的，以往走访客户无论结果如何他都会向赵总汇报工作，尤其昨天是很重要的客户，赵总亲自派他去的。结果晚饭时间都过了还没给赵总打电话，赵总给他打电话也打不通。后来联系到在宾馆等他的小吴，小吴说佘总一直没回来，外面下着大雨。一直到深夜仍未联系上，赵总担心出事，昨晚飞机刚回成都他就和司机直接过去了。我凌晨到办公室打开电脑，看到门户网站新闻的头条，说是那边发生了泥石流，记者也在赶往现场，目前还不清楚具体情况。"

"泥石流？"李伟迟疑了，他回想起楼下电梯厅广告屏上的画面，脑中原本那一点不祥的预感突然间变大了很多，使得他背脊发寒触电般一怔，不敢再任意识流往那个最悲惨的结局，"那他爱人付静了解情况吗？"

"她目前还不太清楚发生了什么，所以我们万般无奈的是要做好最坏的打算，在路上你还要给他的家属鼓励和安慰。我明白这很难，我们从来没遇见过这样的事。佘总平时和你，还有平原的关系不错，平原出差还没回来，就需要靠你去安抚他最亲的人了。”高主任摘下眼镜埋着头用两指揉着鼻梁，边摇头边叹息，“多么希望昨夜到现在，发生的一切都是我一个人在做噩梦啊。”

整个路程中无论李伟如何安慰和转移话题，佘泽晗母亲和他妻子都一言不发，她们双手合十紧紧牵着，一起看向前方的路。李伟懂得，他的这些话是多余的，或许第六感就已告诉她们泽晗发生了什么。路程的后半段三个人都默默地望着窗外，眼神空洞，雨还在不停地下，车里只有汽车发动机的轰鸣声以及雨刮器在玻璃上发出的枯燥沉闷又令人抓心的摩擦声，任由景色飞奔向后。

等待，人有时最不愿意经历的事就是等待，那种企盼而又害怕失去的滋味使整颗心都备受煎熬。

李伟想起上次见到佘泽晗是在前天下班时，当时他准备去电梯间下楼路过泽晗办公室看见他正在拆一个包裹，李伟凑过去瞧见是一个可爱的毛绒玩具。泽晗高兴地说：“乖不乖？哈哈！我看网上搞活动打折，就买了，质量挺好挺安全的。如今孩子太小还玩不了，先放着，等她长大了再拿出来给她。我也不敢马上拿回家，她妈看见这个肯定会据为已有了。女人有时候就像小孩子！哈哈哈！”那时泽晗的脸上充满了对未来的期许。

遗体是挖掘机工作了一整天才找到的，泽晗的车子都已被压成了一张“铁饼”。接下来开具死亡证明，遗体送回成都，开办追悼会等，一切都按部就班地来，可一切又发生得那么不真实。

直到李伟看到佘泽晗的遗体被推入火化炉时，才被佘家人震耳欲聋的哭声所惊醒。

原来这就是现实，过去的这周是一场永远的噩梦。

然而，令李伟不解的是追悼会那天，泽晗原本要去石安拜访的工程项目经理竟然没有参加！按理说双方不仅是有合作关系的公司，而且对方也是整件不幸事件的起因，在追悼会时项目负责人务必要来鞠个躬慰问一下遇难者家属，可他们只送来了一个冷冰冰的花圈，竟然还是打电话由殡葬公司的服务生直接送来的，挽联也都是代写的，整个过程就好像是用手机上网订了个外卖一样，如此敷衍。对方项目经理这样的做法实在是让人难以理解，这不符合一个企业的基本礼仪。

另一件事也使李伟感到些许不妥。那日和佘泽晗一起到石安出差的小吴也缺席了追悼会，倒是后来听佘家人说他发了慰问短信，佘家人表示理解。小吴刚退伍参加工作就遇到这样不幸的事，他那晚阴差阳错地没有和泽晗同在一车，而是待在酒店里躲过了这一劫。他如果来的话佘家人看到也难免心中五味杂陈，毕竟在灾难面前人肯定是希望自己所爱的人也同样能够活下来。

“我对不起小佘啊！”赵云峰在追悼会当晚的宴席上边哭边说，“那天我在外地出差实在去不了，对方负责人又正好只有那几天才有空，我才派小佘去的啊！该死的应该是我！”

“赵总你别自责了，您对泽晗的培养和信任我们全家都不会忘记！”佘泽晗的父亲佘军和赵云峰的手双双握住泪流满面，“这是他自己命苦啊！他要面对我们也要面对。我们全家人绝对不会怪你的！”

佘军还未享受到几个月的儿孙绕膝之乐，当下却要面对白发人送黑发人的悲剧，此情此景使在场所有人都为之动容。

“好在泽晗给我们家留了一个孙女，我们家一定要好好抚养她，不让她受半点儿委屈。”佘母倚靠在儿媳付静的身边，这几日她悲伤过度早已疲惫不堪。

付静抱着刚出生不满半年的女儿，她才吃了些东西，为了喂奶，这几天再如何茶饭不思也要强忍着悲痛吃下去，目的仅仅是为了补充奶水的营养，好让孩子健康发育。

“以后你们家有什么困难，一定要告诉我。小孩子上学的问题、医疗甚至就业。”赵云峰擦干眼泪，“小佘因公殉职，除了应得的抚恤金，其他的我来。我认他女儿为干孙女，在场人都作个证，我一定负责把她培养成才。”他起身端起分酒器一口干完了所有的酒。

那日晚餐结束后赵云峰喝得很醉，高主任让李伟开车送他回家。在车上赵云峰不停地抽泣，嘴里不停地念叨：“宋福正，你这个浑账，害死我一员大将！老子怎么就相信了你这个白眼狼，还给你背了黑锅！”念着念着就睡着了。

宋福正是谁？赵云峰平时是个雷厉风行、能力超群的领导，从来不推卸责任，可这次他说的话很是反常，与平时大家印象中的赵总不太像。李伟从后视镜里看着悄然熟睡的赵云峰，心中泛起了一丝疑惑。

时间总是过得很快，悲伤过后日子还得继续。赵云峰履行了承诺，每个月都一如既往地把自己收入的一部分交给佘军，并经常让自己的家人前去照顾。佘家也渐渐从伤痛中走出。然而，令李伟不解的是公司突然放弃了原先石安那个项目的业务开展，这个项目公司领导本来非常重视尤其是赵云峰，并且又付出了如此惨痛的代价，按照常理对方工程项目的材料就应直接给蜀山物资公司来做。可是就这样说停就停了，而小吴过了不久也从蜀山公司辞职了。

出事的当晚究竟发生了什么？赵云峰先到一步肯定了解了很多事情。那天由于路上堵车，李伟和泽晗的家人抵达石安时，泽晗的遗体就已躺在了医院停尸间，并连死亡证明都开好了。小吴在李伟他们到达前就坐飞机走了，从赵云峰口中得知小吴是因为经受不起这样的打击，精神崩溃所以让他先回家了。之后小吴直到档案调离也没有回过蜀山公司，连离职签字都用的是传真。这个连全名李伟都要翻档案才能念出来的人，是否对那晚的事知道些许？

李伟隐隐预感到，整件事的某些地方没法思考明白，冥冥之中还隐藏着一个真相。

这一连串事情从表面上都能解释得通，在其他人看来，赵总对佘家的赡养是多么有情有义，小吴刚参加工作就遇上了这样的事是多么倒霉。只是，赵云峰喝醉酒后念叨的那一段话只有李伟听见了，就因为那段话，整件事并不是像表面上那么简单。而那次过后，赵云峰再也没有提及那个叫宋福正的人，这个名字似乎和佘泽晗一起在这个世界消失了。

零号·2015.11.1

佘泽晗百日祭的那天下着大雨，这段时间成都开始了轮番的降雨降温，外面风很大。赵云峰在外地出差，他打电话给李伟："小李，今天是周末麻烦你辛苦一下。我办公室的抽屉里有个信封，里面是两千元钱，泽晗的百日祭我去不了了，你把这个交给他父亲。"

"好的，赵总，那我先去公司拿了钱就去他家里。"李伟到自己办公室拿上赵云峰的办公室门卡上了楼。

赵云峰的办公室是全公司最大的一间，在公司顶楼的走廊深处，占了整个楼层五分之一的面积，足足有一百平方米。这样的配置才符合蜀山公司一把手的地位。进门一套"343"的棕色真皮沙发是用来会客洽谈的，沙发围着一个正方形的红木茶几四角雕刻着貔貅的图案，在茶几的中间摆放着一块黑檀木茶盘，上面有一套产自江苏宜兴的紫砂功夫茶具。

赵云峰平时就用它喝十年以上的云南普洱。四人桌的沙发正对着是一面65寸的大屏幕，这是开视频会议时需要用到的。沙发后是四块紫檀木的屏风，分别雕刻着"梅兰竹菊"的图案，走过屏风后能看到一张硕大的花梨木办公桌，听说当时这屏风买来的时候太大电梯运不上，最后是让几个农民工从楼梯走才搬上来的。在办公区域的后面还有一个门，那里面是一间卧室，平时工作繁忙的赵云峰也常会住在这里。

书柜的陈列架上挂满了这位国企领导职业生涯中的各种荣誉：奖杯、奖状、证书应有尽有，仿佛在告诉下属们离他的这个位置还有很长的路要走。

每天一早，公司的服务员会定时来到这间办公室，在总经理上班前打扫得一尘不染。

公司大部分的基层职员需要找赵云峰签字时，踏入这间办公室，紧张和压抑感就会在心里油然而生，从进门到他的办公桌前要走将近二十步，每一步都如履薄冰。那些背景里的荣誉似乎在不断震慑着这些小职员，让其对权力不敢有半点非分之想。

李伟打开了办公室门，赵云峰不在压力也就没那么大了。这是他仅有的几次独自踏入这间办公室的经历，公司的物业部门虽由李伟管理，而负责打扫卫生的大姐也有一张门卡，所以平时他和这间办公室几乎毫无单独相处的交集。

李伟走到那个硕大的办公桌前寻找着电话里所说的那个抽屉，打开后有一个米黄色的信封，他拿起来打开看了看确认是装了钱的那个，随后将信封揣进文件包准备合上抽屉离开。

正在此时，他发现抽屉靠里的位置有一张发黄的彩色集体照，照片用的是塑封，留白处用金字印着“西南工程大学1992届本科毕业留影”，这是赵云峰的大学毕业照。

照片上密密麻麻有着上百人，李伟好奇地将照片拿了出来欲从这群人中找出赵云峰，不巧照片上的人头实在太小，并且又是二十几年前的老照片，脸部特征已很难辨认。

李伟最终还是摇摇头打算将照片放回原处，就在要放下的那刻，他下意识地翻了一下照片背面——果然！所有毕业照都是这样——无论年代多久，照片掉色有多严重，总会在背面印上一张座次表好让你在几十年后仍然能找到自己的位置。

李伟顺着花名册一行一行地寻找赵云峰的名字，原来之前认为有几个长得相似的都不是，终于在最后一排的角落找到了他。赵云峰的名字旁还有一个名字，让李伟立刻回忆起了泽晗遗体火化的那晚赵云峰在车上所说的话。

“宋福正”这三个字映入了他的眼帘，熟悉又陌生。李伟即刻翻回正面找到那个人，赵云峰和宋福正站在一起，从轮廓上还能依稀辨得出赵云峰，而宋福正的体形要比其他人宽一些，是个典型的胖子，照片上的相貌已模糊不清。在那个年代胖子并不多见，说明他家里比较殷实。

“原来这个人是赵云峰的大学同学！”李伟惊呼，“那么……”李伟想到了某样东西，在办公桌的各个抽屉翻了起来。

“对，就是这个！”李伟找到了赵云峰的名片册一页一页仔细翻阅，不一会儿果然找到了宋福正的名片——“宋福正，西部建设公司石安水电站项目总经理”。

赵云峰抽着烟坐在茶楼包间的沙发上，鸟瞰着楼下人来人往的十字路口，期待的表情中含有一种志在必得的自信。

上周，他在网上查看省内有哪些新建工程项目时看到了一篇叫《石安水电站将于今年下半年开始正式动工》的新闻，石安水电站是政府从十几年前就打算落实的项目，属于重点项目，结果那年遇到了汶川大地震，而后政府忙于灾后重建，所以这个项目搁置了好几年，新年伊始政府认定时机成熟，就重新将此项目提上了兴建计划。看到即将动工的消息赵云峰不由得振奋起来，认真细读：“该项目由西部建设工程有限公司承建，担任西部建设工程有限公司石安水电站项目部经理的宋福正表示，一定会高标准严要求建设好这个有跨时代意义的工程项目，为全川人民造福。”

“宋福正？”赵云峰若有所思地咀嚼着这个名字，头脑敏锐的他翻开同学录，难道是他？！一个熟悉的轮廓在脑海里出现——当年那个在大学里睡在他上铺的兄弟！

大学毕业后大家各奔东西，那个年代不存在什么固定的联系方式，最多只能在同学录里留下简短的地址，正是因为这样很多人都陆陆续续地联系不上了，宋福正也是赵云峰失去联系的同学之一。这位历经风雨的领导每每回忆往事时，仍然清楚地记得那段年少难忘的故事，也会暗自为失去了联系而惋惜不已。

新闻里自然未有告知这位项目经理的联系方式，不过这并没难倒赵云峰，他通过几个工作上的人脉便要到了宋福正的电话，只要是工程行业在他这个级别打听一个项目经理的联系方式并不难。

“喂？您好，哪位？”电话那头的声音显得稍许不耐烦，估计是这段时间新闻出来后手机铃声就一直没停过。

“请问是西部建设石安水电站项目的宋总吧？”赵云峰故意将语调拉得很长，语气升降故造怪异，体现出与其他来电者的不同。

“对，是我，请问您是……”电话那头或许感觉到这特殊的语调，回答语气缓和了许多，怠慢立刻消失了。

“哟，看起来，宋大胖子也会有贵人多忘事的一天啊！”

“您是？”

“还记得当年哥带你跳河渡劫不？”

陷入片刻沉默后，电话那头传来了如雷贯耳般的笑声。“哎呀，哎呀！大山哥，原来是你！这么多年了，我还以为再也联系不上你了呢！想死我了兄弟呐！哈哈哈！”

两人当即约定第二天下午在宽窄巷子附近的茶馆见面。

这时赵云峰看到一辆黑色奥迪在茶馆楼下的门口停下来，后车门下来一个人对车摆了摆手车就开走了。那人身材肥硕，上身穿着白衬衫下身是西裤皮鞋，手上提了个黑色公文包大摇大摆地进了茶楼。

“哟，兄弟耶！我刚开完会马不停蹄就赶过来了，怎么样，没让老哥您多等吧？”那胖子站在赵云峰几米开外双手就做出了握姿一路快步走到他面前紧紧握住。

宋福正虽然和赵云峰大学同届，可年龄上赵云峰比他年长三岁，赵考上大学都满二十岁了。当时在大学寝室里赵云峰年纪最大，加之一米八的身高，室友们都叫他“大山哥”。时间长了那一届的同学也都这么叫他了。

“宋总客气客气，我也刚来一会儿！好久没见啦老同学！”

赵云峰瞥了一眼宋福正背后挂的时钟，他其实已经等了一个多小时，可毕竟是多年未见的同学，他实际上还是满心欢喜的，等会儿叙旧聊天时怎样自然地切入主要“话题”也是做了些准备。

“还是叫我大胖吧！哈哈。”两人就这么握着手站在茶馆大厅里。

“我看这也是饭点儿了，咱们就不在这里喝茶了，我们哥儿俩好好叙叙旧！走！”赵云峰早料到如今这个宋福正与官场上大多领导一个品性，连老同学会面都能迟到一个多小时，看来也是个摆谱的主。好在大学里两人的关系不错，并且曾发生了一件事，至今留存在两人心底心照不宣，那次赵相当于是救了他的命。

所以这笔生意，赵云峰还是十拿九稳的。

两人来到了宽窄巷子一家高档川菜饭店的小包间坐下，菜是赵云峰昨天就安排好的，一坐下服务员就开始走菜了。问到要喝什么的时候，宋福正毫不客气地点了一瓶年份泸州老窖。

“大山哥啊，你当下在哪里高就啊？”宋福正抽出一根“软中”点燃，抽了一口吐出长长的云雾，他将烟伸进烟灰缸里弹了弹，又重新叼在嘴里，颐指气使地面向赵云峰。

“哦，这是我的名片”赵云峰双手递上，“我在国家物资旗下的蜀山建设物资分公司担任董事长兼总经理。”

“哟，原来大山哥也是个处长了，哈哈！”宋福正日前刚从副处提拔为正处，负责石安水电站，出乎他意料的是，眼前的这位老同学也是个处级干部，级别相同要稍许收敛一点，不过他又暗自得意，搞物资的始终是搞工程的乙方，他实际地位要比赵云峰高。得知了老同学的工作也就能猜到他此行的目的了。

“其实这几年省内大兴土木中央的投资力度比较大，我们的总公司非常重视，所以我们单位是副厅级的。”赵云峰乐呵呵地给宋福正斟上了酒。他心里清楚宋福正的内心变化，像赵云峰这样的“乙方国企”级别越高越要低调，等到需要时再自报家门杀一杀甲方的锐气。

宋福正听到这话，摆谱的那一套全没了，正所谓官大一级压死人，即便赵云峰现在是乙方，但省内基建业的国企，上层岗位之间调动频繁，难免以后他一调动成了自己的领导，那万一不小心得罪了，还得了！

宋福正赶紧双手护着赵云峰正在斟酒的杯子，连连点头说了好几声谢谢，心想如果真是为了工程物资供应的事，目前也没啥防备的了，合同让赵云峰拿去便可，毕竟是国企，材料质量方面肯定不用担心，唯一担心的是价格，同样的产品从国企采购就是会比民企高很多。材料款看来是没办法节约了，看样子这趟工程下来，会少了许多民企给自己的好处。

“哎呀，大胖耶，不客气不客气。咱们都二十多年没见了吧？时间过得太快了！”

“毕业后我打听过你，结果没料到，一转眼就找不到你了，这一晃就二十年了。来，走一杯。”宋福正先干为敬，“哥哥您是怎么联系上我的？”

"我昨天看新闻了，看到你名字我就猜多半是你，联系了几个领导才问到您电话号码的。"

"就是那个石安水电站项目的新闻吧？"宋福正哈哈笑着，他指了指包间的电视机，"我老婆还说我不上镜呢。"

"是啊，咱们有话也就直接说了，你们那个项目物资供应招标了没？"赵云峰直接切入主题。

"没呢，咱们既然是兄弟，你来了就是你们单位的，这事儿基本我说了算。"宋也回答得很干脆。

"这么干脆？！你可要说话算话啊！来，哥哥我就全靠你了！"赵云峰端起酒杯一饮而尽，心里舒畅许多，事情进行得如此顺利使他惊喜连连，如果这事儿换作一个陌生的项目经理，绝对不会如此一般水到渠成，"宋总放心，咱们兄弟间合作，定能配合得天衣无缝！"

"哈哈哈，我保证把合同给你！一言既出驷马难追，咱们共享这丰功伟业！"宋福正乐呵呵地端起杯子一同饮下。

酒过三巡，这两个人都喝醉了，回忆起了学生时代畅谈起来。

"我说啊，你小子还记得卢霞不？"赵云峰夹了块爽口萝卜放进嘴里醒醒酒气。

"哎，那事儿啊，别提了，可把我害惨咯。"宋福正喝得高了红着脸瘫在座椅上，他听到这个名字，抬起一只胳膊百无聊赖地挥了挥。

"哈哈，你小子还差点儿把我拖累了啊！说实话那条河我本来没实力游过去的，还以为要和你一起淹死了呢！”赵云峰用微醺的眼神瞟了一下宋，这小子这么多年酒量还是没长进，从来都没喝赢过自己。

“后来我回想起，咱们当时走投无路跳河也是害怕，可被那帮家伙抓到了更吓人，还好你水性好拉着我一起游了过去。”宋福正将手伸过去拍了拍赵云峰的肩膀。

“你呀你，当时还有几个月就毕业了，你居然惹出这种事！人家多好的一个良家妇女，唉！怪不得他哥带人来要把你阉了！还好那天我正好路过带你跑路。哼哼！”赵云峰用手不停地指着宋福正，讽刺道。

宋福正连连点头，说：“的确的确，幸好当时老哥你在，不然我宋福正真成太监了！”

“你这名字配太监挺合适，哈哈哈！来，咱哥俩再走一个！”

在那个大学生毕业包分配工作的年代，虽然不像今天的年轻人一毕业就要面临到处投简历找工作的生存压力，但工作好与坏是凭运气或者走关系的。宋福正的父亲在土木建设单位担任了一官半职，毕业后自然能够进好单位留在成都，其他没有半点儿门道普通出生的同学，就只有听天由命了。他们其中一些人毕业就会被分配到西北、新疆、西藏这些条件异常艰苦地区的建设单位扎根一辈子，一部分人只有认命，剩下不服命的只有辞退工作，到沿海城市下海经商，枉费学了四年的土木专业。

卢霞就是一个运气不怎么好的女同学，当拿到西北某省某建设单位的入职通知书后掩面而涕，她绝望地将通知书撕得粉碎准备和其他同样绝望的同学一起东游经商。一个偶然的机会她认识了宋福正，当时离毕业还有三个月，宋福正得知此事后因其垂涎于卢霞的美貌，便利用家庭优势向她保证跟着他一定能帮她留在成都进到好单位，卢霞相信了他。才认识不到一个月，宋福正便将她引诱到家中并发生了关系。

此后卢霞怀孕，宋父却告诉宋福正，卢霞进成都本地单位的名额没有办下来，宋福正只好劝其堕胎。手术时她失血过多，在病床上躺了一个多月。而宋家只在病床枕头边放了两千元钱就消失得无影无踪。

卢霞的堂哥卢杰听说整件事后，召集了一群人在西南工程大学毕业生离校那天，堵在了校门口寻找宋福正，发誓要刨了宋福正的命根。卢杰是隔壁医学院的学生，当时他拿着钢筋棍兜里揣着手术刀，和他一起的都是医学院的室友，人手一根钢筋棍兜里却是不一样的装备：麻醉药、纱布、捆人的麻绳、止血药、缝合针线等等，宋福正一旦落入他们手中一场完美的切割手术就会在他的身上实施。

况且卢杰提前预习了法律，像这样的情况大家分摊一下一个人最多在牢里蹲一个月。如此充分的准备是铁了心要取宋的命根来为自己妹妹出口恶气！当宋福正见到他们一拨人向他冲过来的时候腿都吓软了。

幸亏赵云峰恰好路过，两人寝室里是上下铺，平时关系自然不错。赵见状立刻拉着宋就往学校边的山上跑，后面一群“白大褂”在追，不明白的人还以为医生们正在追两个精神病院跑出来的疯子。

他俩翻完小山跑到学校的河边，夏季河流涨水比平日里湍急了不少，赵云峰看了看后面追来的人群，他想着万一卢杰不由分说把自己也一起给办了那可不得了！只有宁死不屈地拉着宋福正跳河，两人一起游到了对岸才摆脱了这一劫。

卢杰他们追到河边只见两双鞋放在河堤，却找不到人，估计他们应该是情急跳河了。一转念意识到如果这两个人淹死了，自己还要承担刑事责任，他就和同学们赶紧散了。

整件事就这样不了了之，多少年来宋福正每每回忆这件往事，还是会条件反射般心惊肉跳、头冒冷汗。这二十几年来，他一旦做噩梦，场景无一例外都是跳入湍急的河流中淹死。

酒也喝了，业务也聊成了，赵云峰一脸满足地买了单。宋福正的车提前在宽巷子口候着了。

“你到时候等我通知，派个人来施工现场对接一下。大山哥你交给我的事儿你就放心吧！”宋离开时在车窗里摆了摆手，赵云峰便也叫来了自己的车离开了。

李伟用手机拍下了照片和名片，将它们放回原位后离开了赵云峰的办公室。

果然，泽晗的死一定和这个宋福正有着直接关系，李伟推断着，这个人是赵云峰的同学，又是那个石安水电站项目的总经理，昔日同学变成了重要客户，精明的赵总一定不会错过这个绝佳的机会去和这个宋指挥长谈工程材料采购业务的。

事情一定不是表面上那么简单，泽晗的死因或许真的还有不为人知的故事。

看到佘父颤抖地双手接过赵云峰给的慰问金时，李伟的脑海中闪现出一个问题："泽晗兄弟，你到底是怎么走的？我想知道真相。"

"平原你现在有空不？出来一起吃顿烧烤，我有事给你说。"离开佘家后李伟拿出手机拨通了平原的电话。

"好，你把地址发来，我马上出门。"平原察觉到这语气不像是平时的李伟，心想事情应该不一般，即刻答应了。

这家烧烤店在老会展中心旁的巷子里，每天下午六点开始营业直至深夜，常常人满为患。他家的烤五花肉是这一片出了名的，一粒粒切成小指粗细的五花肉整齐地串在竹签上，火候刚好把外面烤得酥脆的同时，又保留了内部的鲜嫩，一口咬上去肉汁在口中四溢，伴着葱花和麻辣的香味。李伟先点了十串就着一瓶啤酒吃了起来，看到平原来了又加了二十串。"先点着，刚烤出来才好吃，等会吃完了再点，你看那些一上来就点五六十串的肯定是头一次来这里，他们吃到后面就会悟到——串凉了油就凝固了，然后就不好吃了哟！"李伟看到平原进来了，招呼着请他坐下。

"哈哈，这家店我也经常来，也是像你这么点的！本来还说有机会推荐给你，原来你也是老司机啊！”平原拿起一串烤五花肉赶紧吃了起来，生怕变凉了。

“肯定啊，这里离我家也就十分钟步行，这一片区好吃的我都晓得。”李伟夹起一块沾满折耳根的包浆豆腐，入口鲜辣清爽，“你记得今天是什么日子不？”

“嗯？不清楚，怎么了？”平原听出来，李伟要说正事了，抿了一口扎啤洗耳恭听。

“今天是佘泽晗的百日祭，晚饭的时候我按赵总的吩咐将慰问金送到泽晗爸爸那儿去了。”

“哦？赵总还记得啊！也是，那天晚上在那么多人面前向泽晗他爸保证，必须言出必行啊！”平原夹起一块烤茄子。

“嗯，我今天要给你说的事就是和这个有关。”李伟放下筷子坐正，一脸严肃地看着平原，“我知道，你和泽晗是一个大学毕业的同学，公司除了我就你和他关系最好了，我接下来告诉你的事，只有我们两个人晓得，你能保证不说去吗？”

平原听闻也由一脸轻松变得认真起来，他放下肉串真诚地对李伟说道：“我们都是一届毕业生进的公司，大部分人只知道我和佘泽晗是同学，但几乎没人知道佘泽晗的老婆付静是我远房表妹，他们夫妻当初还是我介绍认识的呢！我和泽晗的关系很深，前些年他在外地工作不经常回成都，所以你们都看不出来。其实他每次回来探亲我们三个人都会来这里，就是在这家烧烤店一起喝酒！”他边说边用手指戳着餐桌，脸上透露出不舍的哀伤，“我记得最后一次咱们仨一起聚是付静出月子那天，就坐在这张桌子的邻桌！”

“来，喝！”李伟将扎啤端起与平原碰杯一饮而尽，“你这么说，我就放心了，原来泽晗还是你的妹夫！我就直接给你说了吧，泽晗火化的那天晚上赵云峰喝醉了是我送的他，他喝多了在车上说胡话，提到了一个叫宋福正的人，说什么他给宋福正背了黑锅。当时我觉得莫名其妙，毕竟头一回看见他喝醉，不像是赵总平时表现，所以我把这个名字听进去了。”

“宋福正？他？然后呢？”平原眉头一皱，沉思不语。

“赵云峰今天让我去他办公司拿钱的时候，我在他抽屉里找到一张大学毕业照。照片上他和那个宋福正居然是大学同学！”

“什么？他和宋福正是大学同学！”平原惊呼起来，“原来是这样！”

李伟惊讶于平原的反应，莫非他也听说过宋福正这个人？他继续说道：“接着我偷偷翻了赵云峰的名片夹，挖掘到一个事情……”

“宋福正是石安水电站建设项目的经理，对吧？”平原接道，“我已经关注他很久了！”

“什么？你也晓得！这是怎么回事？”李伟万万没料到，平原竟然早就了解宋福正，而且似乎还对其有所了解。

“起初泽晗火化的那天，石安水电站项目的负责人居然没有来参加葬礼，我就开始怀疑。这是起码的礼仪，我们的人在你的地盘出了事儿，命都没了！你们居然订个花圈送来就当摆平了，这实在说不过去。”平原喝了一口扎啤，“然后我就起手打听这石安项目部经理到底是何方神圣，居然面子大到可以不用来！我们学校主要是工程类的，毕业以后不管你学的是土木专业还是财务专业，也基本都在一个系统，所以我也有在西部建设公司的同学。我找她一打听就得知了这个人叫宋福正，可要不是你告诉我，我还真没推测到，他和赵云峰竟然是大学同学！”

“也就是说，这个项目起初就是赵云峰和宋福正对接好了，再派佘泽晗去的现场？本来泽晗按赵总的意思去走访，结果出了事儿。赵总过意不去才一直照顾佘家人的？”李伟顺着平原的话，往下推敲着。

“赵云峰照顾泽晗的家属是情理之中。问题是你说他酒后说的那些话，的确很让人不解，‘背黑锅’这个词的意思就好像宋福正是故意害死了泽晗，但他们素不相识，也无冤无仇，所以不能够啊！我觉得，也许是赵总自责说的醉话，不太可信。”平原吃了一口刚上的烤鸡翅，“但是，宋和赵他俩居然曾经是同学让我颇感意外，我就说为何咱们公司和西部建设公司关系好到居然这个项目不用公开招标，我们蜀山就可以长驱直入搞定物资合作。”

“那这个宋福正你了解多少？”

“这个宋福正他爹退休前是系统内某个领导，宋福正的老婆秦琴是如今西部建设公司总经理秦军的侄女。秦琴小时候父母得了肺结核都去世了，她从小是由秦军带大，与他情同父女。宋爹和秦军曾是战友，后来又结了亲家，宋福正就是靠着这层关系才在西部建设公司立足的。我那里面的同学跟我说，宋福正此人能力极其平庸，甚至连基本的工程管理方法都不清楚，唯他老丈人秦军马首是瞻。宋根本就是基层员工窃窃私语八卦话题的故事来源。听说，前几年他还被警察抓到过一次酒驾，后来走了好多关系才把这事儿压下，避免了进看守所！”

“还有这事儿啊！这样的人居然还能当水电站的项目负责人？那个秦军也不怕给自己找麻烦？”李伟吃了串新点的一把五花肉，快变凉了，赶紧分给平原，自己再撸了几串。

平原拿起一串放在嘴边没吃，他继续讲：“所以这点才是我最疑惑的地方，秦军不可能不明白宋福正的德行，任人唯亲也要适可而止。但为何偏偏就让宋福正一下子就负责这么大的项目，确实令人非常费解，所以我正在调查这其中的原因，目前是部分干货，可以给你说说。”

“可又是你那‘线人’给你调查的？”李伟拉长音调使了个坏笑，看来这顿烧烤所收获的信息量很大啊。

“也不算是线人，是读书时关系还不错的同学，是个女生。她在里面当财务所以了解一些账面上的事情。”平原脸上的表情有一点复杂，李伟立刻懂了。

“哈哈哈，原来是大学时的老情人啊！”他拿起酒杯与平原碰了一下，“你为了调查这件事连曾经大学时代的前女友都用上了！不容易不容易啊！”

“哎，虽然分手了但也不至于老死不相往来。我联系了她，告诉她我家里出了这样的事，她一听就决定帮我，所以这方面进展得还算顺利。你也懂的，女生都喜欢八卦，找她帮忙打听得最多的，无非就是宋福正的各种私生活话题。她们财务部负责报销费用的同事经常私下和同部门的同事八卦，听说宋福正每次拿来的发票都有一些固定的洗浴场所开具的，什么‘水乐宫’‘梦春江’的，而且发票的面额挺大，每次光这些票据加起来都有上万元。报销单上面是要总经理签字的，依靠着这亲戚关系，秦军每次照单全收。报销的费用列表上会标注成了‘业务招待费’，每月如此，都很多年了。”

“这些企业的蛀虫啊！你说说看他们是一个建设单位，其甲方都是各地的政府领导，这几年反腐败如此高压，怎么会去那种地方办招待？多半是自己玩去了，或者靠着买来的发票拿着报销款赚点外快。”李伟听闻连连摇头叹气，“这些人就是‘苍蝇’啊！”

“所以我就揣摩他和秦军的关系，肯定有某种利益联系，说不定早就混在一起了。”平原也摇着头夹起一块包浆豆腐，“只不过这水很深，我还没搞清楚这里面的原因。但是回过头来看，泽晗的死或许真是个意外。”

“对了，那宋福正现在去了哪里？你那‘老情人’晓不晓得？”李伟眉毛往上一抬问道。

“我那老情……哦，不对，我那同学叫刘茜茜。”平原更正道，“她告诉我泽晗出事以后，西部建设公司也因泥石流损失了一千多万的财产，虽是自然灾害不可抗力造成的，宋最后还是被处分了，原因是没有做好现场勘测和安全防范工作，调离了岗位。目前他被调到成都郊区西部建设的一个制梁场当办公室主任，每月的收入和城里普通白领差不多，一点实权都不具有，每天工作上也没什么事。去那里办过事的财务人员回来说，每次路过他办公室都看到他在打电脑游戏。估计他们公司已把这个人给废了。”

“看来也是被处分了啊！必须的，恶人有恶报！”李伟听后有了些安慰，他举起酒杯干了一口，“这样，整件事也算有个结果了，只可惜泽晗死得太不值了。”

“从头到尾，这里面你察觉出有什么问题么？”平原的双眼注视着李伟，同时提高了音调，使得李伟略微轻松的心情再一次紧张起来，“就一个深山老林里的项目，前期的工程准备，搭几个活动板楼所有的资产能有一千多万？”

“啊？这里面有什么不对吗？我对工程这方面的知识确实不如你们搞业务的。”李伟放下酒杯坐正。

“我翻过之前的新闻，石安水电站项目开建是在7月初报道的，也就是说7月初的时候仅仅宣布了任命，现场前期工作进度最快也只能搭好以活动板房为主的项目部办公楼。直到7月下旬，泽晗出事的那天也就过了二十天左右，那段时间现场经常下雨基本不存在开工条件。这些个活动板房得值了一千多万？”

“哦？这个倒是，那你了不了解这些钱是损失在了哪里？”李伟想起2008年汶川地震救灾期间，他们大学学院全体师生一共捐了十几万元，就建起了一大片活动板房。

“材料，听说当时的泥石流把他们项目部材料库房给掩埋了。做工程的都懂，前期工作是需要备料的，一方面是为了能有序开工，另一方面是能达到对内对外宣传的效果。你看。”平原拿出手机打开视频软件搜索了一下石安水电站开工的新闻，点开了递给李伟。

新闻里是一排白色墙面蓝色屋顶的活动板房，宋福正刚好在镜头前说着“……一定将工程做好保质保量给全省人民造福……”的话语。平原将手机视屏又重新播放了一遍：“你看就这些活动板房也就几十万不到，但是你看这里。”平原将视频暂停指着远处的一角，“这一大片蓝色屋顶的棚子就是放材料的地方，这个拍摄角度是俯视着拍的，说明材料厂是建在山下，项目部则建在半山腰的地方。所以那天泥石流从山顶滚下来，就将所有东西给掩埋了。”

“哦，原来是这样！等于说所有材料都报废了，这样算下来就损失了一千多万？”李伟点点头，“给国家造成了损失肯定就被贬职了啊！”

“你猜，这一千多万的材料主要是什么？”平原将手机放在桌上。

“看来你挖掘出了不少内幕啊！快说快说，你知道工程业务方面我真的不熟悉啊！”

“是钢材！”平原的语气很重，他拳头砸在了桌上差点引起旁人的围观，“居然是钢材！你能猜得到？”

“啊？这个说不通啊！钢材不是我们蜀山负责的吗？泽晗不正是为了对接工程供应去的石安吗？怎么我们还没供应他就有了钢材？”虽然李伟对工程方面不太清楚，但也清楚公司是主营钢贸的，大部分的工程项目都是以钢贸来盈利，所以听到平原用这样的语气说话时也料想到了一些蹊跷。

“当时刘茜茜告诉我的时候我也相当不解，她说有八百万的钢材损失了。八百万相当于近两千吨的钢材，就算是前期备货临时采购，也绝对不能进那么多在仓库放着！”平原举起啤酒一口气喝了大半杯。

“两千吨钢材？堆放起来有多大？”李伟睁大眼睛，相当不可思议。

“三个仓库就能装下，堆高一点，大概也就两亩地左右。新闻视频里的那些个蓝色棚子下面估计堆放的全都是钢筋。”平原用烧烤的签子比画着，“可以确定，这个宋福正肯定违规操作了！他买入钢材的时候正好是钢材涨价的高峰，而且前期根本不需要那么多钢材的，肯定是从某个利益相关者那里购买的，结果从中捞了不少好处！用国家的钱养肥了自己！”

“哎，十有八九是那么回事，前段时间钢筋价格处于高位，某些民营老板肯定会想方设法卖出获得高额利润，正好西部建设公司有新项目。但我们当下还找不到什么证据，只能说宋福正被贬职算是轻的了。照你这么说，赵云峰看来也是后来出事了先赶到了现场。宋福正怕事情败露，估计给了赵总好处，请他安抚好佘家人。宋福正自己却从买入这一头吃饱了，收拾回家安心当个跷脚主任，整件事就此不了了之了。”李伟用烧烤签子比画着同时不由得感叹，世上竟有如此的空子可以钻，怪不得苍蝇到处都是。

“赵总毕竟平时作风正派，他那边我们不要随便怀疑。当下是无证据证明，宋福正拿了什么好处，我请刘茜茜帮我打听一下那批钢材卖家的情况，暂时还没有消息。如果能查下去真相大白后将宋福正绳之以法，也算是告慰泽晗的在天之灵了。”平原拿起酒杯，“今天给你说的这些你可千万不要同其他人说，要查也只能由我俩查下去。我到时候有什么情况就给你说，你能不能帮我个忙？”

“在所不辞！你说吧！”

“我一有新情况就给你说，你帮我记录一下，有个照应。我怕我一个人真查出什么了，要是被他们察觉到，证据一毁，就前功尽弃了！”

“你多加小心，我这边你放心，一定办到！来，干了！”李伟也端着杯子认真地对平原说，想不到本来是自己察觉到一点事情，打算和平原探讨，意外得知眼前这家伙不仅是佘泽晗的大舅子，而且单枪匹马深入调查出了不少东西。如今他们两人，就像是在漆黑一片的森林里遇到了志同道合的人，激动不已。

“对了，我替泽晗和我妹付静谢谢你了！你也有心了！”吃完饭分头走时，平原忽然回过身向李伟半鞠了一躬。

“我？我可什么忙都没帮上啊！”李伟赶紧扶起平原，猜他大概是喝了酒情绪有点儿激动，“你别这样，咱们不是外人，以后有什么事给我说一声，我定全力而为。”

车在盘山公路的发卡弯加足马力地攀登着，雨刮器也开到了最大挡，疯狂地扫开挡风玻璃上的雨水。佘泽晗看了看手机，屏幕右上角信号格自进山以来都显示为空，他摇摇头帮着驾驶员小吴按下了双闪灯：“你还是开慢点，注意安全。”

泽晗心里盘算着，等一有信号就要抓紧工作了，这山路已被外面的雨雾阻挡得看不到尽头，车子放慢了速度一点点地往前开，路过一个路牌上面写着离石安还有四十公里。

“终于快到了！小吴，等会儿咱们进了县城先去酒店把行李放下，你今天开了一天了累了，等会儿你就在酒店休息，我自己开车去一下现场。”佘泽晗坐在副驾驶座上，紧张地关注着前方的路，“咱们的车有二十多万公里了，老车子了，开这种路一定要小心啊！”

“好的，佘总，您放心吧，安全第一，我懂。”小吴确实有点累了，听到等会儿到了酒店就可以完成任务休息了，所以又强打起精神来，他点开了车上的CD音箱调大声音用夜店的摇滚曲目给自己提神。

“哈哈，你这盘碟子可真是提神醒脑啊！哪里买的盗版乡村迪斯科？”佘泽晗打趣道，“这玩意儿我都听不下去！居然还是《爱情买卖》的混音版！你是不是城里长大的啊？”

“没办法啊，佘总！这盘碟子也不知道是谁放在这车上的，关键时候只有听这个才行啊！”小吴委屈叫冤。

“那肯定是老曾！只有他才喜欢这品位，哈哈哈！你可别学他，你是新来的驾驶员要符合咱们这一代人的口味！回头你在宾馆用我的笔记本电脑刻一盘年轻人风格的，咱们回去的时候就可以听了！”

他打开副驾驶前的储物箱，里面竟然还有几盘空着的CD碟，应该是老曾还没来得及刻的，他赶紧拿了一张放在电脑包里："这么好的碟子，可别糟蹋了。"

一个小时后，车子开到了石安县宾馆，泽晗放下行李后便自己开车出去了。方才在县城里手机有了信号，可对方项目经理的电话却未曾打通，或许是因为这个片区的信号都很弱，拨了两次号码连接失败后，泽晗决意直接到项目部与宋经理见面。

雨势虽较前面小了许多，接下来走的是工程局刚修好的施工便道，这条道是泥土路，雨后变得泥泞不堪很是难走，虽是四驱的越野车泽晗仍然开得小心翼翼。车就这样一点点地向上攀登着。

今天早上出门时妻子付静还没有醒来，离开房间前泽晗看了她一眼，清晨六点多的阳光正悄无声息地从墙上慢慢爬向床脚，估计等会儿爬到付静脸上的时候，她就会睡到自然醒。昨晚的女儿是她出生这三个月来最安静的一夜，因此妻子才睡得那么香，泽晗不忍心打扰她。

"亲爱的，你慢慢睡，我去石安出趟差明天就回来，天气预报说下午会下雨，上班记得带伞！"泽晗下楼后给妻子这样发了一条短信，遗憾出门前没轻吻她。再过一个星期，女儿就要办百日酒了，这三个月来终于体会到为人父母的不易，这孩子有时候乖巧得能把你心都化掉，可也有时候在你半夜熟睡时像枚定时炸弹随时哭闹起来，让你又爱又恨。每次泽晗听见女儿半夜的哭闹就会一边起来换尿布，一边无可奈何地说：“原来我们都是这样长大的啊！”

付静无疑是最操心的角色，产假不是悠闲的假期，是突然换了种比上班还要辛苦的工作！每天需要吸奶喂奶，一天睡觉的时间不会超过五小时，而且必须吃得很好身体也逐渐发福，这样才能保证母乳的营养，对于身体机能来说是一番不小的考验。所以她有时会对泽晗发发小脾气，泽晗能理解并悻然接受。他认为作为一位丈夫和父亲，此时必须做的就是要比以往更大程度地来爱这个家庭，毫无保留地去关心妻子，他真正做到了一个家庭优秀男主人的角色。

起初付静怀孕时，泽晗还在外地的办事处工作，那时的他因为没有多少回家探望的机会，经常深感自责。终于在去年年底，他放弃了有丰厚驻外福利的职位，回到了公司机关，好在赵云峰很欣赏他这份为家庭牺牲的责任心，加上泽晗本来工作优秀，故而破格提拔成了公司的区域经理。

这一切都发生得那么水到渠成，佘泽晗成了公司年轻一届的榜样，在公司如鱼得水。

昨天赵云峰打来电话说是石安水电站项目基本搞定了，需要泽晗去一次现场考察，顺便走访一下项目经理把具体合同的条款敲定，“这个宋福正是我多年的同学，架子有点儿大。不过我的面子他还是要给的，你到时候不必在意他对你的态度，把主要条款敲定下来就好。注意安全，快去快回！”

泽晗一刻也没有耽误，马上给新来的司机小吴打了电话，让其今天早晨六点半就把车开到他家楼下，一起出发。他的确想把这份工作做好，为了年底绩效分红的时候能多分点奖金，就可以把房贷提前还一些，让付静也少一分压力。

他还计划着女儿半岁后能够带着出门溜达时，买一个稍微好点的婴儿车，进口奶粉等，毕竟城市生活成本年年攀高，不努力工作的话，像他这样白手起家的小家庭会面临很现实的物质问题。

当初付静就是看上了泽晗的这份责任心，才安安心心地跟了当时一无所有的他。她心里也感谢着平原，把这么好的一个男人介绍给她，表哥果然是有眼光的。

今天一早泽晗出门时，付静其实已睡醒了，她感觉到了阳光的温暖，只是这些日子太累了，她想再这样闭着眼睛多睡一会儿。看到手机里泽晗发来的短信，付静心里也后悔着为什么当他离开前不撒个娇抱抱他。唉，算了，反正明天就回来了。

付静的回笼觉正要睡着，女儿的哭声便响了起来，提醒她该起床喂奶了，她又好气又好笑地把女儿从婴儿床抱起，温柔地哄着："别哭别哭，今天爸爸不在，晚上可以和妈妈睡咯。"

顺着便道往上开了十分钟，佘泽晗来到了项目经理部的所在地。这是一片刚拓开的平地，目前用活动板房搭起了一个院子。见门卫室里没人，他便将车停在了院子里。项目经理部在半山腰，能够在悬崖边看到山下的材料库房，毕竟水电站是从下往上建的，工程初期将库房设在山下也是为了建设时输送材料方便。

雾气还没有消散，看到山下一排排蓝色的屋顶，似乎规模要比规划的大。佘泽晗拿出手机拍下了周围的环境，两边的山势较高，完工以后坝体顶部将会刚好与项目经理部的这块平地相平行。

这十几年国内基础建设相当繁忙，效率也很高，这样一个坝体高度六七十米的水电站，工期也就在五年左右。想到建成以后眼前的山谷将会成为一片水库，眼前能看到的风景将不复存在，他又用手机多拍了几张，远处山谷隔着厚厚的雾气，能感觉到从那头吹来的凉风，成都此时还是盛夏，而在这里竟能感受到初冬般的阴冷。

佘泽晗在项目部转了一圈，这里竟空无一人，所有门窗都是紧闭的，二十来分钟前他在旅馆和宋福正没联系上，索性自己开车过来。可是这片活动板房建好了，却连个门卫大爷都没有，整个项目部散发着一股诡异的气息。新闻视频当初就在这儿拍摄的，那时候的画面里，宋福正背后可有一大群工人在干活呢！

他拿出手机看了一眼，居然这里还有一格信号！争分夺秒般拨通了宋福正的电话，电话响了好一阵终于接通了。

“喂？你谁啊？”宋福正那头的声音似乎是在一个人很多的地方，人声嘈杂。

“宋总您好！我是赵云峰经理派来和您对接的小佘，我现在到您的项目部了。”

“啊？你说什么？”听到一声关门声，宋福正的声音一下清晰了许多。

“我说我在您项目部等您，请问您大概多久回来？”

“你现在在山上那个项目部？”宋的声音由于信号不好而断断续续，需要仔细辨听。

“是的，我在这里。”

“我们今天项目部全体人员聚餐，就在石安宾馆，你赶紧过来吧，那里现在没人了！”

“啊？好的，好的！我马上过来，我今天就在那家酒店办的入住！”泽晗心里埋怨了下自己，如果之前办理入住时，能接通宋福正的电话，也不至于到这荒山野岭白跑一趟。可换个思维来看，至少自己已经来过这里了，清楚了路况。哪些地方什么样型号的货车可以通过，心里大概有了些底。他这样优秀的业务经理，早就在脑海里构思着怎样落笔《工地实地考察报告》了。

汽车行驶在这样陡峭的山路，下坡要比上坡危险得多，和宋通完电话后，新的一轮瓢泼大雨又意外来袭，伴随着震耳的雷声。这回的雨要比今天遇到过的大很多，甚至还夹杂着冰雹！

泽晗系好了安全带踩着刹车慢慢下坡，即使雨刮器开到了最大挡，他也很难看清楚前面的路况。

他忽然记起这场雨和曾经遇到过的那场雨很像。

那是在三年前，他和付静深夜看完李安的《少年派的奇幻漂流》从电影院出来，恰好闹市区下起了十年一遇的暴雨同样夹杂着冰雹，无论雨刮器在挡风玻璃上多么疯狂摇摆仍无济于事。他镇定开着车，付静则仰头担心地看着被冰雹打得当当作响的天窗玻璃。

突然一震闪电划过，整条街的路灯都熄灭了！吓得付静惊呼起来，车灯成了他们唯一的光源。

“别担心宝贝儿，没事的。”泽晗朝窗外扫视了一下，“前面正好有个天桥，我把车开过去，咱们停下面躲一躲。”

漆黑的夜，狂风暴雨，空无一人的街。

车仿佛就像是电影中那艘孤单漂泊的救生艇随时会倾覆。

泽晗和付静在车后座上依偎着听着音乐等待雨变小。他触碰到付静的手好冷，抱紧了她，付静抬起头贴着泽晗的脸庞。一股温暖在他心中打开，他捧起她的脸不停亲吻着，两个人褪去了所有遮挡，相拥在一起温暖彼此。

结婚以后，有一次付静问他是什么时候下定决心要娶她的。泽晗意味深长地说，就是那晚看完电影后，领悟到人生无常，离别太快，所以认定了那个要一生去保护和珍惜的女人。

一声惊雷将佘泽晗从记忆里拉了回来，地动山摇！车已不受控制地剧烈摇晃起来。

第一次，他感到害怕！

一切都来得如此突然，泥石流将车包裹着冲下了悬崖。

世界黑得太快，命运或许本来就有太多不舍。

泽晗的脑海里，画面定格在妻女的笑容，慢慢睡去。

“这样穿行吗？会不会太浮夸了？”刘茜茜不安地打量着镜

子里的自己，自言自语地说，平时上班都穿的是工作服很少穿得这么商务时尚。

“差不多可以了，最多再喷点香水吧。”平原在背后说，“我先下楼把车开出来，你直接到门口就是。”

“哎，还是有点紧张。毕竟自己本来就不是一个商人。”她撇撇嘴对镜子里身后的平原说，“等会儿就说我是你的秘书？”

“没事，等会儿谈生意的时候主要是我说，你只管点头附和就好。”平原朝镜子里的茜茜笑道，“别紧张，又不是干坏事。”

经过了毕业这几年的磨炼彼此都变得成熟，他们两人旧情复燃，重新走到了一起。

前两天，茜茜帮平原查到了在泥石流发生前，西部建设所购入的那两千吨钢材的卖家。这是一个叫“蓉钢贸易”的钢贸公司，地址就在东边的钢材市场。由于是钢材买卖业务，西部建设公司也留了对方的资质文件归档，蓉钢贸易的公司法人是一个叫韩莉的女人，年纪三十出头。刘茜茜把这些信息告诉给平原后，他选择去会一会这个女人。

平原开着小车在钢材市场的大货车中穿行了好一阵，终于来到了一栋三层办公楼前的停车场。

“应该没错，地址上写的就是这个C区1栋，那家公司在哪儿呢？”平原透过挡风玻璃向上看，搜索着楼上挂着的各种广告牌。

“看，那块！蓉钢贸易有限公司！”刘茜茜指着办公楼顶的其中一块广告招牌。

“哟，还真有！希望她在。我们这样不请自来还真有点儿唐突，哈哈，不管了，上去看看再说！”平原拉起手刹熄了火。

“等等！你看！”茜茜突然指着停在对面车位的一辆奥迪惊呼道。

“怎么了？”他停下了正要去开车门的手，向茜茜指的方向看去。

“那辆车是我们公司总经理秦军的公车，车牌号我记得！”

“怎么？岂非西部建设的总经理居然也在楼上？”平原也挺惊讶，他的车怎么会在这里？

“但是，不对啊，昨天我们秦总出差到北京去了，要明天才回来呢！机票是他秘书订的，是我给票务公司打的钱，所以他的行程我是了如指掌的。”茜茜一脸诧异，“咱们还是等会儿再上去吧，万一真是他的话肯定能认出我来，打草惊蛇，咱们就完了！”

“嗯，你说的也是。那咱们就在车里等着，看看等会儿是谁来开这辆车。”平原将四个车窗都开了一条缝透气，自己掏出一罐可乐喝了起来。今天是工作日，下午刘茜茜趁着去银行办事的借口回了家，她和平原在家里会合来到钢材市场。平原隶属经营部门可以随时出去，他倒是不用遵守上下班打卡制度，所以时间比较自由。

此时正值下班高峰，他们看到一波波职工陆陆续续拎包走出了办公楼。

人群当中有一对男女特别显眼，穿着打扮和其他人明显不一样，虽然天气还不算太冷，女的还是穿上了薄款的皮草风衣，男的也是穿着奢侈品牌的商务休闲装。

他们路过平原的车前，看起来三十岁左右，相貌年轻，或许是因为衣着奢侈华丽，气质中透露着中年人的干练。男的手上戴着一块金表，很远就能看到它反射出的金光，让人印象深刻。

平原推测他们应该是这栋楼里某家商贸公司的老板，只见这两个人居然上了那辆奥迪车，由男的驾驶着扬长而去。

“嗯？果然不是秦总，但这也很不合理，这个男的不是我们公司的同事啊！”刘茜茜疑惑不解，接着她又目光坚定地说，“但是这车肯定是我们公司的，还是我办理付款买的呢！等等，那个男的好像在哪里见过，我一时半会儿记不起来了。”

“只要你看着眼熟就行，说明他们还是和你们公司有关系的。”平原目送着那辆车离去的尾灯，提议说，“要不，咱们跟上去看看？”

“哇，谍战片啊！哈哈，好吧，考验老司机车技的时候到了！”刘茜茜扣好了安全带不知哪儿来的一股兴奋劲儿，平原随即发动了车子。

“你说那个女的会不会就是韩莉啊？”平原一个急转弯出了停车场，随后在大货车中游刃有余地穿行，一会儿就跟上了他们。

“我怎么知道，看样子倒是挺像个女老板。这种女强人和我们不一样，我们这些女人看到这样的女人，无论和自己有没有关系，心里都会莫名产生一种排斥感，自发讨厌。不像你们男人看到比自己优秀的男人大多会心生敬畏，比如比尔·盖茨在你面前，你肯定不会讨厌他，而是跪求合影。”茜茜注视着奥迪车的尾灯，脸上不由显露出一丝厌恶。

“我推断她可能就是韩莉，但这两个人究竟和秦军有什么关系呢？你们公司的车可以这样随便借出吗？这说明，两个人至少有一个肯定和秦军的关系不一般。”平原专心致志地盯着那辆奥迪，紧随其后。由于是晚上，前车是看不清后车的，这样尾随起来不易被发现。

“是进城方向，看样子是要去吃晚饭吧。”平原在奥迪车后跟着，对方始终未注意到。由于是公务用车，车窗玻璃不能贴深色的防爆膜，透过前车的后挡风玻璃窗能看到两个人的剪影，他们似乎在交谈着什么。

不过，这两人之间动作不像是夫妻或者是恋人之间的举动，保持了某种距离，“他们不是夫妻或者恋人。上车之前，走路都保持了一定距离，而且车里也是正常的交谈，在这样私密的空间里，却不存在任何亲昵举动。”平原边开车边推论着。

“这你都看出来了啊？”刘茜茜佩服地说，“看来你侦察素质很高嘛！有天赋！”

跟着奥迪车来到了市中心锦江边上的一家五星级酒店的露天停车场门口，这地方可不是一般人能够消费得起的。平原就是开着大众POLO的一般人，取停车卡的时候保安还朝他们不屑地看了一眼。他将车停在离奥迪不远的角落里，看样子车上的两个人对这辆POLO毫无察觉。

平原熄了火关了车灯，和刘茜茜静静地在车里观察那辆奥迪。

奥迪车关灯熄火停了一会儿，两个人才从车上下来，看到那个男人将车钥匙给了女人，接着顺手指了一下通往酒店大厅的通道入口，然后就直接从停车场出门招呼了辆出租车独自离开了。

刘茜茜越看越觉得奇怪，为什么他们俩不一起进酒店？她转过头看到平原也似乎在思考什么。

“你们秦总去北京出差是办什么事呢？”平原将车窗开了一条缝透气。

“开会，今天上午在北京有个重要的会。”

“也就是说下午他就没什么事了？”

“嗯，或许是吧。咱们系统北京大领导那么多，他下午有空的话也要去拜访几个吧。”

“他回来的机票是什么时候？”

“这个我付款的时候看到了，是明天早上七点半的。”

“全价机票？”

“是啊，昨天买的，提前一天买机票就是很贵！”

“哦，是这样啊！”平原侧身看着茜茜的眼睛，忽然温柔地用右手牵起她的手，左手撩了撩她的刘海，靠近她的脸挑逗地说，“今晚难得你这么美丽动人，走，哥带你去吃饭！然后嘛，今晚咱们就别回去了！”

“啊？什么？！”茜茜害羞地惊呼道，“为什么是今晚？”

“什么嘛，咱俩大学毕业那么久了，都快忘记你的味道了——”平原拉长了音调，同时脸上浮现出让她无法抗拒的眼神，这眼神和当年在大学里谈恋爱时一样。

刘茜茜羞涩地低下头，捶着他的胸口：“你这个坏人！”

两人住进了这家五星级酒店旁边的一家旅馆，平原特地要了一间能够看到那辆奥迪车的房间。锦江边上的酒店都不差，这家也是五星级，花了平原一个星期的收入，为了节省开支他不得不在吃上节约一些。

“啊？这样监视人家岂不是咱们要熬一整夜？”刘茜茜吃着刚送过来的炸鸡外卖，明白了他的用意，“你也是花了血本开的房啊！这垃圾食品不好吃！咱们从来没住过这么贵的酒店，既然来都来了，我给餐厅打个电话，这顿我请你吃大餐。”

“哈哈，还是你懂我，难怪这几年我一直忘不了你！咱们该干啥干啥，这辆车我估计要等到明天天亮才会走了。”平原抱住刘茜茜并夹起一颗鸡米花塞进她嘴里。

一整夜，熟悉的味道。

冬天早上天亮得比较晚，平原牵开一点窗帘，目测了一下外面的天气，阳光稍微露出了一角温柔地洒在停车场上，他回到床上轻轻在茜茜耳边说：“早安，亲爱的，今天出太阳啦！”

“嗯？”茜茜眯着眼慵懒地抱住平原，“那辆车还在吗？”

“还在还在——我先给餐厅打个电话，让他们把早餐直接送上来。咱们先吃，等会儿看好戏！”

今天是周六不用上班，他们在酒店温暖如春的房间里甜蜜地吃着早餐。

差不多十点左右，对面酒店的停车场出入口的自动门打开了。出来一对男女向奥迪车的方向走去。

其中那个男人大概五十岁左右，气质沉稳，道貌岸然，一身西装革履还拖着个旅行箱，和昨晚的那个女人牵着手并排走着。

“啊？！不是吧？”茜茜看到这一幕出乎意料地张大了嘴。

“哈哈，怎么？让我猜猜看，那个男的就是秦军吧？”平原面不改色，像是未卜先知。

“你怎么知道？原来你说的看好戏就是这出啊！天哪，这秦军简直是衣冠禽兽！原来那个女人是做小三的，我就说昨晚见到她的时候，她那种气场就让我的第六感不爽。”茜茜竖起眉头，死死盯着那个男的，看到他从女人手里接过车钥匙上了车，两人一同离开了酒店，“看不出来，真的看不出来！他老婆平时也会来单位食堂和他一起吃饭，看起来他们夫妻很恩爱啊！这真的完全预料不到啊！”

“唉，又是一个腐败分子！”平原摇摇头，他虽然猜对了可根本高兴不起来，看来西部建设里面的水很深，不敢再往里面没头没脑地乱臆测了。

“说！你是怎么猜到的？你怎么会料到秦军就在这里面？”茜茜还没有从激动的情绪中清醒过来，她拉起平原的手不停地甩。

“你昨天说这是你们总经理的专车，那能用这个车的一定是他熟悉的人。他昨天在北京出差这倒不假，但是全价机票可以随时改签。说不定你一订好机票他转身拿起电话就改签了。北京到成都几乎每个小时都有航班，上午一开完会中午就可以往机场赶，最快的话下班时间就能回到成都。而且昨晚开车送她来的那个男人，他的举动说明了他和这个女人毫无亲密关系。那么，当一个漂亮女人拿着秦军专车的钥匙进了酒店，可能性就只有一种了，秦军在里面等她，而她就是秦军的情妇。”平原握住餐桌上还未喝完的牛奶。

“啊，我还是难以相信！外表看起来如此伟岸的一个人背地里却如此猥琐！”茜茜眼里对自己的领导充满了失望，“就在上个星期，他还给我们上党课说要杜绝腐败呢！”

“唉，这就是蛀虫啊！”平原拿着牛奶杯的那只手指了指奥迪离去的方向深深地叹了口气。

“说！如果我们结婚了，你以后升官了会不会也这样？”茜茜松开平原的手一本正经地问道。

“哈哈，你也想太多了吧！我这种人，疾恶如仇，爱憎分明。在企业里不够圆滑，升不上去的。我安安稳稳当一辈子普通员工，也比他们一旦倒台，后半生就会在牢里度过要好。所以，你要安安稳稳过日子的话就和我在一起吧。”

“哼，没出息！”茜茜语气里含着美意，她其实很了解平原，他不是那种背信弃义的人。激动的情绪慢慢平静，茜茜抱紧了他，手机已经拍下了停车场发生的一切。“那我们该怎么办？举报？”

“先别急，我主要目的不是来管人家家事的，最主要的是那个女人是谁？我估计十有八九就是韩莉，他们到底达成了怎样的交易？还有，昨晚送她来的那个男人又是谁？他怎么可以随便动用秦军的车？好多答案还需要我们去探究。”

“说起昨晚送她来的那个男人，我好像在公司见到过，然而他叫什么、是做什么的，我就完全不清楚了。”

“他下周很可能将会在你们公司出现，你到时候注意一下，我估摸着他也许要去找秦军。”

当天晚上在老会展中心旁的那家烧烤店里，平原将自己近期了解的情况都告诉了李伟。

“你说秦军这事儿，宋福正晓得吗？”李伟盯着手机上秦军和那个女人手牵手一起离开酒店的视频问道。

“这个不好说，万一是秦军自己在背后乱搞，和宋福正没有多大关系呢？”平原拿起一串五花肉就往嘴里送，“反正这个秦军肯定是不干净的了。至于是否有过贪污受贿，拿赃款来养这个女人目前还找不到证据，毕竟一个局级领导养个小三，靠正常的收入也是够的。”

“看来这西部建设里面的水不干净啊，还很黑很深！”李伟喝了一口啤酒，“你说的那个男的，我推想应该就是专门给秦军看门放哨的。”

“我也是这么想的，目前还搞不清楚他到底是谁，茜茜说她好像在公司里见过他。如果再来她会给我打电话，我就会马上过去看个究竟。”平原点点头。

“我在推测，泽晗出事以后秦军马上处分了宋福正，还把他调离了成都机关。或许是他们关系一般？秦军又养了小三，或者是怕宋福正察觉到，这样对家庭内部影响不好，正好借这次事件顺水推舟把他女婿的威胁给解决了。”李伟用勺子舀起一块烤得酥烂的脑花。

“如果是这样的话，那这个宋福正就是个背黑锅的。项目部山下的那一堆钢筋莫非只是秦军暗自和韩莉勾结？宋福正起头虽然一清二楚，但也实属无奈？毕竟是老丈人安排的，只能任其摆布。与此同时，秦军肯定不希望让自己女婿知道老丈人竟然干出了包养小三这种事。所以，正好借此机会把这个倒霉的宋福正给调走了？那整件事到最后，大赢家居然是秦军？！”平原一下反应过来，“不行，我一定要把秦军给整垮！不然泽晗的死居然还成全了他！”

“恐怕就是这样。这个人太可恶了，简直就是一只老狐狸，能坐收渔翁之利得那么理所当然！反正宋福正那边，当下也看不出来有什么新情况，只能从这只‘老狐狸’身上搜索一些东西了。”李伟拿起一串五花肉撸了一大口，在嘴里使劲咀嚼着，好比是咬这只“老狐狸”的肉。

“以后有新的情况我会像今天这样马上告诉你，互相有个照应。我先把视频发给你拷贝起来。”他打开手机。

“嗯，你还是要小心隐藏好自己。这帮人只要一有点风吹草动肯定就散了！有什么需要帮忙的一定要给我说。”李伟拍了拍平原的肩膀，“今天的这些我都记下了。放心吧，我要着手写举报材料了。这些东西我也都存档起来，到时是搞垮他的有力证据！”

周一一大早平原独自来到钢材市场的蓉钢贸易公司楼下进行蹲点，快到上班时间时果然看到了秦军的情妇，她正朝着办公楼走去。平原也从车上下来走向那栋办公楼，正在犯愁如何确认这女人是不是韩莉，正好就见一个穿工装的女孩儿对着她喊了声“韩总早！”平原听见后装作路过的样子，扭头走了。

“我刚刚确认了，秦军的那个情妇就是韩莉。”平原给李伟发了消息。

“今天那个男的还是没来，都星期四了！”茜茜失望地走进卧室对坐在床上看电视的平原说，自从那晚过后他俩顺其自然地同居了。

“哦？”平原把电视声音关小，“再等等吧，明天周五才是关键。如果那个男的真是秦军的马仔，周末他又会去接那个女人给你们秦总送过去。”

“今天我接到一张报销发票，居然就是那天他们开房的那家酒店！一个晚上，两个人消费了3000元！”茜茜擦着刚洗好的头发，用石破天惊的口气说，“报销单上写的是‘招待住宿费’，人数写的是‘6人’，事由写的是‘上级单位领导视察安排住宿标准500元/人’。这张报销单看起来合理合法，标准都在公司规定的范围内，一切都看不出任何破绽。还能这么操作！”

“那肯定，弄虚作假这方面的事他们都是轻车熟路的，只要发票是真的那就肯定没问题。”平原比较淡定地说着，他心里明白，这些事在行业内已司空见惯，“你说就这些苍蝇，每年加起来给国家造成损失还真不小呢！对了，你照相了没？”

“拍下来了，这张表面上看真的就是一张普普通通的报销单，说实话，如果真是六个大领导来住，包含餐饮费，这开销也不多。但他秦军每个月来这么两三次就是上万元了，一年下来还真有十几万了呢！”这时候茜茜的手机响了起来，“嗯？办公室的贾主任怎么在这个时候打电话？喂，贾主任您好——”

“喂，小刘吗？这么晚还打扰您，方便说话吗？”贾主任语气中包含着歉意。

“没事没事，您说。”

“是这样的，刚刚秦总突然给我打电话，通知我明晚要在青城山的温泉酒店接待重要领导，就是我们签过协议的那家酒店，我和酒店联系把房间都订好了，一共四间。还订了一套宴席，价格一共是一万五千元，到时候多退少补。我明天家里有事要请假，麻烦您明早一上班就把钱给那家酒店打过去。我怕忘了所以马上就打电话给您说一声。”

“哦，好的好的，我明白了，您放心。明天一早我就把这事儿办了。”茜茜说完挂了电话，她忽然转身神秘地对平原说，“明天周末，我请你去青城山的顶级温泉酒店住。哈哈哈！”

“有情况？不会吧，你那么有钱？”接电话时茜茜在擦头发，所以电话开的是免提，平原都听见了。

“哈哈，那家酒店和我们单位签的是协议价，每次招待重要领导几乎都会去那里，我们每年年会也都在那里开。跟酒店往来的付款都是我经手的，所以酒店给我每年赠送一晚豪华大床房，以前赠送的我都给我爸妈用了。这次正好，咱们也去享受享受！”

“得了，你还是给你爸妈去享受吧。我猜，你肯定赌秦军会不会在那里就犯，和韩莉单独见面吧？”平原眯着眼，一眼就看穿了茜茜的想法。

“难道不会吗？”茜茜好奇地问。

“肯定不会，你都说了，这家酒店和你们非常熟悉，估计连服务员都认识你们了，秦军那只老狐狸怎么敢挑那里和韩莉见面。看来这次是真的要招待上级领导。”

“唉，照你这么说也是啊。看来只有等下周了。”茜茜的表情略显失望。

星期一刚上班，平原还在单位食堂吃着早饭就接到茜茜的电话。“那个男的出现了！我路过办公室的时候和他迎面错过。”

“哦？怎么回事？”他赶紧放下手中的筷子，起身走到没人的角落。

“今天秦总没来，我听贾主任说这个男的是来还车钥匙的。又是那辆奥迪车，他周末又开出去了。”

“男的身份打听到了吗？”平原向四周看了看确认没有同事注意到他，他埋下头低声问道。

“他是个运输公司老板，搞材料运输的。去年中标了我们单位的材料运输业务，在业务上是有些往来，不算多。因为如今采购很多是有包到服务的，市场上的贸易商自己会找运输车队。今天早上来还了钥匙后他还顺便在我们食堂吃了个早饭再走的，所以我才借着机会在食堂里装作见到了生面孔，向邻桌的经营部门同事打听了一下。对了，他名字叫宣健。”茜茜在电话那头的声音也很小，应该也是躲在某处打的电话。

“好的，干得漂亮！晚上请你吃火锅！找个机会打听一下他那家运输公司叫什么，既然是中标单位，你们合同部门肯定有对方的资质文件，比如营业执照、开户许可证之类的，最好能要到扫描件。”

“好，我等会儿找个理由去找合约部的同事要一个。算你还有点儿良心要请我吃火锅！我怕其他人听到，都是站在公司楼下的院子里给你打的，冷死我了！”

“哟，你那么细心啊！不容易不容易，看来谍战片看得也不少！”

“彼此彼此！嘻嘻嘻……”

这家火锅店位于西南交大老校区后门的一条支路上，店面挺大，去晚了还是要排很久的队才行，从店里溢出的火锅香味即使在街对面也能闻得到，热闹非凡。红汤锅底已经开了有一会儿了，平原关小了火望着门口在等两个人。

“在这里！”平原向在门口张望的李伟招呼道。

“久等了吧？今天周一工作比较多，下班还忙了一会儿才过来。嗯？还有人要来吗？”李伟看到桌上摆了三副碗筷。

“是呀，我把刘茜茜也喊过来了。她这段时间也帮了不少忙，今天是我答应请她吃火锅的。”平原将香油和葱蒜碟子递给李伟。

“这家店那么难排，你是多久来的啊？”李伟也很久没到这里来吃火锅了，没想到这家店还是那么火，以前也经常计划着来吃，但车子一开到这儿，看到门口坐着宛如市集般排队的人，只好放弃。

“我今天下午正好出去办事，回来得比较早，所以就直接过来了。”说着，他把午餐肉和香菜丸子这两样经煮的菜倒入锅中。

“茜茜！在这里！”锅刚煮开，平原一抬头就看到了她在门口张望，于是向她招呼。

“这位就是李伟，李主任吧？平原经常向我提起您！”茜茜进门就开心地和李伟打招呼。

“哪里哪里，还不是主任呢！哈哈哈，副的，副的而已。”李伟将香油递给茜茜。

“看来你今天心情不错！快吃快吃，煮久了红汤变苦就不好吃了。”平原招呼着大家，自己先夹起一块毛肚往锅里烫。

“哈哈，我下班的时候去合约部把那家运输公司的单位资质要到了！”茜茜喝了一口热豆奶，“看，我把扫描件发给你了。”

“什么运输公司？”李伟问道，“难不成又有啥新情况？”

“你还记得我给你说的那个送韩莉去酒店的男人吗？今天才查出来，他是一家运输公司的老板，这家运输公司是去年他们西部建设运输业务的中标单位。”毛肚不能烫久了，十秒一到平原就提起来放进了香油碗，刚讲完话就塞进了嘴里，边吃着边拿出手机。

“哦？你认为是运输单位和钢材贸易商合伙把秦军吃定了？”李伟看到平原一脸享受的样子，他也赶紧夹起一片放入锅中涮了起来，“嗯，名店就是名店！网上只有火锅店的排名才是真的，其他都是用钱砸出来的！”

“这个十有八九，钢材贸易必然会牵扯到运输。”平原打开手机仔细看了起来，“恒达运业有限公司，注册资金一百万，法人宣健，工商注册时间是去年三月，也就是说还不到两年。哟，法人的身份证你这小丫头也弄到了！宣健，1982年出生，成都成华区的。看来这个男的还真是个车老板。伟子，资料我发给你了，老规矩。”

“肯定呀，公司合约部的资料都是成套的，从2010年起，每份签约的合同都要将对方单位的资质证明文件留底保存到档案室。”茜茜得意地说道。

“嗯，我留着。对了，你是公司经营部门的，和市场上的车老板也有接触，要不明天打听打听这家公司？”李伟举起啤酒示意大家一起喝一杯。

“来，干了！”平原和茜茜也举起酒杯，“我正是这么想的，明天正好有个长期合作的车老板要来找我办事。”

第二天，锦龙物流的周老板到蜀山公司办完事后和平原在办公室里闲聊起来。“周大哥，你们这行有没有听说过一个叫恒达运业的公司？”平原一边给周老板参茶一边问道。

周老板今年四十出头，下海前是个大学老师，后来离开学校搞起了物流运输。因此骨子里是个文化人，很好打交道，为人仗义讲诚信，因为服务质量优秀所以和蜀山公司合作多年，也是成都运输行业的老江湖了。

“恒达运业？”周老板抬头盯着天花板，过了好一阵说，“好像没有，是不是新的公司？”

“连周大哥都没听说过，看来他们混得很一般嘛！哈哈，好像是去年成立的，老板姓宣，叫宣健。您看！”平原拿出手机，上面显示着宣健的身份证。

“哦，原来是这小子！”周老板看到宣健的头像后恍然大悟，手指不停地戳着屏幕上这个人，“这小子以前就是个车窜窜，前几年穷得叮当响，只会空手套白狼。”

“车窜窜？”

“是啊，就是每天一早就在市场里晃悠找一些运输的活路，骗人家货老板说自己有车可以运，货老板答应后再来找我们这些有车的车老板，谈运价。他吃点中间的差价活命，这个人最先注册了一个小公司，就这样倒运输单子，公司名字经常变，基本每年都要变一回。从开始到如今估摸着也有五六年了，你说的这家公司他居然开了快两年了，真难得。这种人的公司叫什么我们不用记住，记得他人就行。”周老板连连摆手，直截了当地说，“听说这人人品很差，不讲诚信，还喜欢到处显摆，经常晚上开着奥迪车去夜店找小姐，我还听说那辆车好像就不是他的。”

“哦？是吗？原来他是这种人哦？”平原装作毫不知情的样子。

“是啊，我们都叫他‘宣窜窜’，他经常不是找到了上家找不到下家，就是刚谈好了运货价老板那头却不干了，搞得两边的老板都很恼火。说话不算话，车辆紧张的时候自己还坐地起价，有点可恶。咦，你是怎么听说的这个人？莫非他来过蜀山公司找你们谈业务？”老周端起茶杯吹了吹抿了一口。

“没有没有，我完全不认识这个人，我也是听朋友提起说这个公司在打听我们公司的联系方式，大概是想要一些业务吧。这不，他把宣健的资料都发过来了。”平原随便编了个谎，“我们的运输业务还是要靠你周老板扎场子哟！既然他只是个混混，那肯定也无法通过我们公司的合作考核标准嘛！”

“也是也是，我根本没把他放眼里，哈哈哈！”周老板会心一笑。

“原来宣健还经常开我们秦总的车啊！”茜茜坐在床上，虽然脸上敷着面膜，可也能听出她一脸诧异，“果然关系是好到不得了了！”

“目前看来是这样的，要不然怎么经常能让他把车开出去。”平原编辑着今天打听到的信息发给李伟。

“你说会不会幕后黑手是这个宣健？他用美人计套牢了秦军，

然后一步步把高价钢筋强卖给我们西部建设？”

“这要看你们秦总是不是吃软怕硬的人了，但是我推断不太可能，堂堂一个厅级领导，怎么会被市场上一个跑运输的小混混吃住？”他给李伟发完消息后把手机放在床头柜，“这个肯定没那么简单。”

“这么说也有道理，秦军这个人城府很深，老狐狸一个，你看他上次报销这种事情，细节方面都能做得滴水不漏，的确不是一个能随随便便搞定的人。”茜茜把面膜揭开，调暗了床头灯准备睡了。

“有些贪官是迫于压力不得不贪，有些则是主动寻贪。我敢肯定秦军是后者。你回想一下，当时在酒店那晚，如果真的是被宣健吃住了，早上走的时候为什么还和韩莉手牵手，走得那么自然。”平原也跟着躺下。

“目前了解到的情况也有很多了，宣健这个人我推断，他就是秦军的马仔。”早上在食堂里平原坐在李伟旁边轻声对他说。

“嗯，昨晚的消息我收到了。我觉得，你的茜茜那边最好再找找财务，那边应该还有留底的货物采购发票，就是那批价值八百万的钢材。最好把采购发票也复印一下，我们争取找到足够证据以后实名举报！”李伟喝了口豆浆顺便发了一下牢骚，“食堂也太抠门了，只有周二周四有肉包子，今天正好周三，全都是素的！赵总居然给我说是因为周二周四工作效率要低一些，这样做能提高员工的积极性，差异化能保持效率。简直是资本主义管理制度的书读多了嘛！”

“哈哈，我就说李主任你不是管食堂的吗，怎么会出这样的排食表？原来是赵总设定的这一出啊！”平原拍拍李伟的肩调侃道，“我去办公室了，你慢慢吃。等会儿我就给茜茜发短信问问那批钢材发票的事。”

“诺，那批货物一共八张发票，我都留了复印件在里面。这是几个月前的财务凭证了，我都是在档案室找出来的。下午去复印的时候差点儿被其他人看到。”茜茜刚回家就递给了平原一个信封。

“哇，效率那么高！我的天，你真是我的天使啊！”平原抱住她开心地说，“饭做好了，就等娘娘您用膳了。”

“那肯定呀，每天看你愁眉皱眼的，今天终于看到你开心起来了。我也知道你最近为查清楚这件事花了多少心血，我也要试着分担一部分嘛。”茜茜坐到餐桌旁夹起一块可乐鸡翅咬了一口，“嗯，这个味道不错嘛！看来厨艺大有长进！”

“我本来做饭就很好吃的呀！大学的时候你又不是没吃过！”平原也坐下来打开信封，翻出发票复印件看了起来，“开票日期是7月30日？也就是说，是事故发生以后才开的票？”

“对呀！我今天仔细看日期的时候也确认了一遍，是7月30日，感觉不大对劲，你说呢？”茜茜将手指按在日期一角。

“确实，七月初电视上播报开工新闻的那个时候货物已经到现场了，也就是说这批货从买入到运输抵达现场，是在六月底就全部完成了。跨月开票？钢材市场的民企那么大方？任由这八百万的空账挂着，等到一个月后再开票？”平原将手上的东西放在一边端起饭碗刨了一口饭。

“是啊，八百万对于钢贸企业来说也不是个小数目，而且非要等到7月的最后一天来开。但是咱们公司付款倒是挺及时的，一般发票开过来了我们需要大约一个月才能把款付出去。你看，这批货的付款凭证上注明，款一周后就付出去了，相当快啊！”

“这是自然的，自己情妇的公司，你们秦总肯定会照顾有加的！这里面的故事真不少呢！”平原咬了一口鸡翅，分析道，“跨月开票，只能说，这批钢材的利润不小。我查了查那时的价格，还是每吨高于市场价一百五十购买的，也就是说，西部建设多花了三十万。这一波操作，他们从中得了不少好处呢！”

“我们目前手上的证据已经足够向有关部门举报秦军了吧？”刘茜茜夹起一块鸡翅放在碗里。

“嗯，举报他肯定是板上钉钉了！三十万虽然看起来不多，可是一个水电站，几万吨的钢筋用量，这样一个工程下来，不止钢材一种材料，还有水泥、防水材料等等，他们要揩多少油水？”平原目光炯炯地点头，可又忽然神色凝重起来，“宋福正难道真的就是一个替死鬼？他那边到当下，还是一点儿有用的消息都没有啊！这件事万一他也有关系，岂不是便宜他了？”

“这也倒是，如果他真有关系，咱们一举报，结果万一是秦军把所有罪名都扛上，来保他这个女婿怎么办？但你换个角度思考过没？”茜茜话锋一转，“要是咱们把时间拖长了，秦军和韩莉他们就在眼皮底下跑了，那才是更可气的吧？”

平原听后一言不发，他明白茜茜的担忧不无道理。

如果真的是让对方察觉到，哪怕是一丝风吹草动，不法分子们肯定就真的远走高飞了。然而，这件事查到眼前，平原也渴望往真相多靠近一步，所以也一直等到此时。

其实，这样的矛盾在平原心中不是一两天了，他也不知如何是好。

“平原，一会儿你来我办公室一下。”公司副总朱庸早上在食堂里找到平原。

平原一头雾水，朱庸并不是他的直接领导，公司前几年改制采销分离了，平原的部门是主管对外销售，而朱庸主管的是采购部门。莫非有什么解决不了的事情，需要市场经营部门帮忙的？

“朱总，您找我有事？”平原敲了敲办公室的门。

“哎呀，有件事需要拜托给你一下，我们部门七八月建设高峰期的时候进了一批钢材，本来是要给石安水电站项目备货的，结果哪知道泽晗出事了啊，这批钢材当时就没有用。后来陆陆续续被其他项目消化了一部分，现在都过了几个月了，剩下的那些钢材已经生锈不能用了，留在那里只会变得更糟。你是经营部门的老业务了，看看能不能在近期把它们当废钢以合理的价格处理掉？”朱庸点了根烟。

“好的领导，数量有多少？堆放在哪个仓库？”平原一听这些货当初是泽晗申请采购的，不由感慨万分。

“不多，还有三百吨的样子，我上次去看了看确实只能当成废钢了。你看看市场上有没有收废钢的公司一并出了，上级领导已经批了文件，同意我们这么做。等会儿我把文件和库房地址一起发给你。”

“好的，那请问一下当时这批货成本是多少？”

“大概三千五百元每吨的入库单价，之前我们部门也去市场上问过，目前废钢的价格大概是二百元左右，这次公司的确要遭受一些损失。不过也很不错了，再放久一点就亏更多了。”

“嗯，确实要亏个三四十万吧。我马上去着手这件事。”

“拜托了，辛苦你了！”

“哪里哪里，应该的。”平原离开朱庸办公室后琢磨着该如何寻找废钢的买家，毕竟是三百吨的货，市场上那些收废品的老大爷必然毫无这个实力。

“喂？周大哥，我是平原呀！您好您好！”平原拨通了周老板的电话，“您此刻在市场上吧？我过来有件事需要向您请教一下！”

锦龙物流公司所在地就在钢材市场地段最好的一座办公楼里，他们是钢材市场的车老大，偶尔也会做做钢材买卖的业务赚点小钱，平原一接到处理废钢的任务就想到了这里的周老板。

“三百吨？可不是一个小数目哟！”听完平原的话，周老板客气地给他倒功夫茶，“你要卖六十万？我不敢给你保证，这边恐怕不太好接手。具体情况，我也需要联系其他人了解了解。”

“是，确实有点多。你还要在中间走一个过票费，然后再陆陆续续卖出去。唉，我们上面的任务也很重，这批钢材十二月底前一定要卖出去，不能跨年成烂账。”平原低下头吮了一口陈年普洱。

“你的难处我也明白，你放心，蜀山物资我是最信得过的，这事儿我一定帮你！我现在就打几个电话问问当下的市场行情。”周老板拿起电话进到里屋打了一会儿。

之所以要来找周老板，平原认为这是最集中、最快并且最节约成本的办法。如果自己一家一家地跑，或许价格会卖得高一点，可出货数量上并不能保证，要在月底前完成任务会很困难。

两盏茶的工夫，周老板便从里面出来，他一脸欣喜地对平原说：“你猜猜看当下的价格是多少？”

“怎么，周大哥难道能卖得比二百贵？”平原看到周老板的表情有点意外，放下了手中的茶碗。

“赶快出货吧，居然能卖两千二百！一开始我也觉得是不是搞错了，我就又打了几个电话，后来才知道最近废钢比较少，市面上只要有的，都是七月以后的货，所以很好卖！”周老板端起碗茶一口喝下。

“周大哥，太感谢您了，你可是帮了大忙了！那我回去就起草合同，咱们就这一两天把这事儿搞定！”意料之外，事情就这样处理完了，平原打电话给朱庸汇报了一下情况，公司那边也非常高兴。

“好的朱总，那我再过去看看货吧。”平原放下电话，他认为有必要再去看一下货，一是让周老板清楚钢材的锈蚀程度，二是这货是当时泽晗申请采购的，对平原有着某种意义。

“唉，佘总可惜了。前几个月他来找过我，我俩把到石安的运价都谈好了，一车货都还没去就……唉，可惜可惜。”周老板和平原一道来到了堆放废钢的仓库，他看着这堆锈得发黄的钢材感叹道。

平原则在一边摸着这堆钢材沉思不语，钢筋这种产品最经不起时间的消耗，只要暴露在空气中仅仅三个月，再坚固耐用的钢材也会成为不合格的废钢。这时就需要被收走回炉重造。

平原单手搓了搓粘在手上的锈黄，再次想到了泽晗，他确定到了完结的时候了。

“是直接给省检察院吧？”刘茜茜在一旁问道。李伟和平原整理好了举报秦军的资料，从韩莉的蓉钢贸易公司到秦军与韩莉出轨的照片再到交易发票和合同，整个一套举报资料都很完善。

平原在一旁默默整理着，他前几天和李伟碰头时仔细斟酌了一下。

本来还想再等等，可还是搜集不到任何关于宋福正的线索。李伟提议举报材料要趁早交上去，这样材料新鲜才能立即将秦军绳之以法。

“如果再过段时间，什么东西秦军都处理好应对方法了。或者他这个人直接跑了，咱们可就给国家造成损失了，也没法给死去的泽晗一个交代。”李伟当时是这样说的。

“嗯，有道理！”李伟把资料封到了一个大信封里，拿捏着感觉到这份资料的厚实，抬头对平原说，“那么，这样看来宋福正还真是个替死鬼了？”

“或许是吧，我们目前没有任何证据能证明，宋福正和这笔交易有直接的利益关系。我这两天也好好分析了一下，宋福正的能力和智商估计秦军早就看透了，也许就是让他来背黑锅的。”平原点点头，“等会儿咱们就去检察院把这个资料给递上去。”

“嗯，我在检察院里有个高中同学叫金钰，金检察官。我先给他打个电话等会儿就把资料送过去。”李伟拿起了电话。

“明天是周末你有空吧？今年快结束了，周末我计划去石安那边看看，也好告诉一下泽晗这件事算是告一段落了。”从检察院出来，李伟一阵轻松，在水底憋了许久终于浮出水面，自由呼吸了。

不法之人即将伏法，佘泽晗的在天之灵也将得到慰藉。

车在盘山公路上已行驶了许久，山的尽头还是山。

李伟俯瞰着这些山谷里坐落的村庄，无法理解古时候在这里生活的人们，终生被群山包围是如何度过的。

这里的横断山脉一直堆砌到青藏高原，堆砌到伸手可以触摸到云彩的地方。

“前面是高原后面也是山区，中间的路就会特别崎岖，天就在头上那么小一块儿，让人感到一种无法抗拒的压迫。”李伟双手握着方向盘任思绪随流，已经是12月中旬了，山里空气寒冷刺骨，李伟关了窗开启了暖气。

“你说人要是有魂的话，泽晗的魂会不会就困在这群山之中了？”平原坐在副驾驶上发呆冷不丁冒出这一句。

“啊？”李伟从思绪中回过神来，“这个嘛，他不会迷路的。你看这峡谷中的大渡河一直流到乐山和岷江汇合，泽晗知道沿着河走，岷江往上便是成都了。”

“哈哈哈，也对，那小子聪明！肯定早就回去了！”

车内又陷入了寂静，只剩下一曲《雄鹰》在车里回响。

下午车开到了石安，李伟驾着车来到了一处悬崖边上。

“就是这里了，当时泽晗的车就是在这里被挖出来的。前面的路是新修的，我们脚下的这一段是老路，要是当时，泽晗使劲踩踩油门开快一点，就不会被泥石流冲下去了。”李伟指着一处长满杂草的缓坡，全然看不出曾有车毁人亡的事故在这里发生。两人从车里拿出了一叠纸钱向缓坡撒去。

“下面是不是就是当初项目部放钢材的地方？”平原指着缓坡下方的山谷。

“是的，现在也什么都看不到了。泥石流一来就把所有东西埋了。”李伟望着山谷发出一声长叹，他从平原手里接过一叠纸钱。

“项目部的房子如何了？”平原向上看去，当时泥石流来得太猛，将建在半山腰的项目部也一同冲了下去，石安县百年一遇的暴雨让水电站项目暂时停滞了。

“什么都没了吧，你看泥石流的轨迹就是这样下来的。”李伟指着山上一片颜色不一样的植被，很明显那一片是后来新长出来的，中间还冒出一些当时项目部蓝色的屋顶。

那次事故只有佘泽晗一人遇难，李伟后来联系上了那个和泽晗一同来的小吴，才知道当天项目部全体人员由宋福正召集在石安宾馆聚餐。所以事情发生以后项目部基本都是实体财产损失，而那些东西挖出来也不具备什么用途了，就任由其埋着，等着岁月侵蚀。

“泽晗哪，那个秦军就要被绳之以法了！我们来看看你，你没白死，还抓出了一个贪官！”平原对着山谷吼着，一张张纸钱随着风飘向谷底。

撒完了纸钱两人准备回县城吃些东西，毕竟赶了一天的路午饭都没吃，实在是很饿了。李伟饿坏了，连上网搜哪里有好吃的馆子都没来得及，饥不择食的他进城后随便挑了一家路边的家常菜馆。

“老板，你味道弄得不错啊！这馆子开了多久了？”李伟尝了一口当地特有的坨坨野猪肉以后赞不绝口，拿小酒杯与平原喝了一口店里自酿的枸杞酒。

“早些年开过一家，生意不行，后来不是要修水电站吗，我就在里面当厨师，当时收入比自己开馆子好。”老板操着一口浓厚的川南口音说道，语气略感可惜，他那张饱经风霜的脸已看不出来实际年龄。

“哦？您还在那个项目上干过？”平原听闻放下酒杯转身问道。

这很正常，项目部在这里开工，当地政府就会要求项目部雇佣当地人，以此来解决当地的就业问题，使一部分人有稳定工作，能养家糊口。所以项目越大，当地人就会被雇佣得越多，老板说他受雇于石安水电站项目，也很正常。

“是啊，我就在下面的材料厂里当厨师，幸好那天指挥长喊我们大家一起聚餐开晚会，说庆祝顺利开工，不然我们这拨人就直接埋土里了！哈哈哈，啥子东西都埋了，后来听说就只死了一个人，运气太霉了咯！”老板把刚做好的干酸菜土豆汤端上了桌。

听老板这么说，两个人沉默了一会儿，说道：“其实，你说的死的那个人，是我们两个的同事。今天我们就是过来看看他的，去了他出事的那个悬崖在那儿祭拜了一下。”

“哎呀，对不起对不起！我就是个粗人，不会说话。莫怪莫怪！来来来，我今天免你们酒钱。”老板听闻打量了一下这两个年轻人，听口音明显是成都来的，相信两人说的是真话，连连自责道。

“没事没事，事情过去就过去了。他是过来和项目经理谈生意的，结果遇到这事，本来是要给你们石安建设出力的呀。”平原摆摆手举起酒杯干了一口。

“我也敬你们一杯，能遇到就说明咱们还是有缘分的。我为你们兄弟伙干了这一杯！”老板也倒了一杯酒坐在桌边，一起喝了起来，他朝里屋的厨房喊道，“娃儿他妈，你弄个油煎花生米下酒用！算我请的！”

三个人边喝酒边聊起了石安的风土人情，李伟这个吃货打听得最多的就是这里的美食比如火燎牛肉、石板烧烤，聊着聊着又回到了石安水电站这个项目上。

“这个水电站如果顺利修好了，那你以后就是水电站机关食堂的师傅了，多好，工作稳定！唉，就是这个该死的泥石流，可惜咯。”平原放下酒杯。

“唉，可惜了，这些事就是没法预料啊！”老板又一杯酒下肚脸上渐渐泛起了红晕，看来醉得微飘了，他忽然凑近他们俩，轻声说道，“其实呀，我给你们说幸好没修成！晓不晓得为啥子？”

“嗯？怎么说？”李伟和平原同时放下筷子互相看了一眼，他们被老板欲盖弥彰的表情吸引住了，好奇地问道。

“我给你们说嘛！那些个运过来的钢筋我看到过，都是锈的，没一根是新的！运来以后马上就用篷布盖起了，就是为了不让人晓得。连夜运来的，头天天一黑就进场了。早上我要做早饭，所以起得早，当时他们还没卸完，我就看到了，都锈得黑黄黑黄的了！”老板把声音压得更低了，他一只手掌挡在嘴边，瞪大了眼睛对他俩说，“你们说，就那个样子的钢筋用上去，我们这些老百姓敢在这里住啊？”老板说完起身，拿着吃完的花生米空盘进了厨房，打算再来一盘。

听到这个消息那一刻，似乎是一颗炸雷在李伟和平原的脑中崩裂开来！两个人一动不动坐在位置上发呆了许久。

等老板出来的时候这两人早已不在，桌上放了几张百元大钞算是结过账了。

“嘿，走也不晓得说一声！”老板醉醺醺地拿起了钱数了数，打了个饱嗝：“出手倒是挺大方，果然是省城来的！”乐呵呵地揣进了包里。

“金检察官您好，周末打扰了，我们今天来到了石安县，本来以为事情告一段落了，结果还有一些新情况需要给您汇报一下，您说话方便吗？”两人马不停蹄地跑回了石安宾馆的房间，李伟拨通了电话。

“好的，没事儿，您说，我们就需要多一些的消息，越多越好！慢慢说，您别急，我拿一下纸笔。”金钰在电话那头热情地说道。

“我们得到消息，原来一开始，西部建设从蓉钢贸易那里进的钢材都是生锈的！”李伟极力压住自己内心的怒火。

平原则在一旁用拳头狠狠地捶着墙，他未曾料到原来这里面还隐藏着这样丧心病狂的事情！换作任何人，都会匪夷所思。

“哦？这样推断的话，也就是说蓉钢贸易先从市场上低价采购了废钢，然后以新货的价格转手卖给了西部建设？”金钰快速地用笔记着。

“对，绝对是这样！我们在石安碰巧遇到了之前材料厂的厨师。他是个本地人，在县城边上开了间饭馆，晚饭时我们边吃边和他聊起来。他亲口说的，他还亲眼看到过那批钢材！”李伟在大脑里快速地组织好语言，尽量压低了语速，他知道这样的情况下不能因激动变得语无伦次。

“这么说人证算是有了。”听到电话那头唰唰书写的声音，金钰认真地做着笔录，“当下就差物证了，比如蓉钢贸易购买锈钢的单据之类的。不过，告诉你们俩一个好消息，我们已经将秦军控制住了！昨天你给我的资料，检察院连夜审核了，联合他们系统内的纪委，在今天早上直接到他家，将其带到了检察院，先把他给拘起来了！”

“哦？你们这么快就将秦军拘起来了呀？”李伟问道，平原听闻也冷静了下来。

“是啊，你们的证据非常全面！我们今天上午将西部建设的财务档案室也封了起来，将其中关于秦军的报销凭证都找出来了，正在核实他报销金额的情况。平原的女朋友刘茜茜今天也帮了我们很大的忙，替我谢谢平原！”金钰说这些话的时候李伟打开了手机免提。

“哪里哪里，这都是我们应该做的！怪不得我说茜茜今天一天都没给我发消息，我还以为是因为我们在山里信号不好呢！”平原听到后不住地点头，暂时放下了愤怒的情绪。

“你们真是帮了大忙了！你们说的事情我已全部记好了，明天审他的时候我们一定要把这个事情问清楚。另外那个韩莉和蓉钢贸易公司我们也控制住了，不仅没收了她的护照，还让她在家听候传唤。你们今晚就安心地睡觉，赶了一天的路好好休息休息！”

“太好了，那我们这些日子干的事儿没白费！我们本来打算连夜赶回来的，可刚才喝了酒不能开车了，只有明天一早往回赶了。”

挂了电话，李伟和平原如释重负地躺在各自的床上四脚朝天。

听到饭馆老板所说的情况时，激动的情绪已将体内酒精消耗殆尽，此时他们毫无喝过酒的感觉。

“也就是说，秦军这帮人就计划在水电站项目上贪这一笔！”躺了一会儿，李伟先开口说话了。

“没错啊，这帮卑鄙的家伙，早就计划用废钢贪一笔差价。那个时候工程还没有正式开展，监理和工程主要人员还没到现场。到时候真要用起来直接就退货，退货这个程序时间可就长了，到时候很可能为了掩盖真相，再将那帮监理腐蚀了，钢筋就可以用进去了。”平原顺着这个逻辑一直推理下去。

“太危险了！这么说幸好来了一场大雨，造成了泥石流将那些废钢给真废了，要是真用进去了后果不堪设想！这是永世不得超生的罪啊！”李伟心生怨恨，感叹道，“为了钱，这帮人连做人的底线都不要了！”

“幸好你说要来这里看看，不然还真让朱福正捡了个便宜。唉，这帮人简直是丧尽天良！上周朱庸找我帮忙处理公司积压的废钢，结果上午说的事儿，我下午就处理完了。我就说，事情怎么会如此顺利！原来市场上的废钢都被韩莉那边收走了，前段时间最旧的货也都是三个月左右的，废钢处于长期缺货的状态。她肯定在收废钢时避开了向我们这种国营企业采购以免事后查到，引起怀疑。”平原撩起了被子一角盖上，精神紧绷了一天，稍微放松下来就熟睡了，李伟听到平原有节奏的呼声不一会儿也睡着了。

秦军坐在审问室里一言不发，白色的日光灯照在脸上，使他有点头晕。强光晃得眼睛有些疼，可他仍努力地想看清灯后的轮廓，但仍徒劳无获。

“秦军，快回答我的问题。”那个轮廓一声催促，将秦军原本在脑中组织好的语言打乱。

“嗯，你是说你们怀疑蓉钢贸易是用低价收购的废钢卖给了我们？”秦军重复了一遍灯后那个轮廓问出的问题，接着说，“这个我的确不太清楚，我是西部建设的总经理，这样具体的工作我怎么可能清楚？我是整个集团公司的管理者，有很多项目需要我去操心，怎么能够清楚某个项目用的是废钢。”

“你昨天承认了你和韩莉是不正当关系，依照这样的前提，我们可以怀疑是钱色交易。我们调查后了解，原石安水电站项目经理宋福正是你的侄女婿，因未能有效防范自然灾害被处分了。一旦废钢入库的消息属实，他一定有着直接关系。”金钰在灯后注视着秦军，观察到他脸上的肌肉微微颤抖。

“这个我真的不明白啊。你是说我那侄女婿宋福正啊？这个人太倒霉了，遇上这百年一遇的暴雨。他太可惜啦！当初我把我侄女儿嫁给他，就是相中这人的聪明头脑啊，还以为他将来能有大好前途呢！”秦军换了个坐姿，装模作样地摇摇头。

“你所说的前途，是‘钱财’的‘钱’吧？钱途。”金钰端起手边的茶杯抿了一口，“你也交代了与韩莉不正当关系的事了，其他还有什么事，也请你好自为之一并交代了。如果我们从其他渠道获得证据的话，你就别想从宽处理了。希望你认清现实，不要再抱有任何侥幸心理。”

“我犯的错真的就是只包养了一个情妇而已，其他的我真的一概不知。”秦军一脸无辜地说道，“你们说的那些有很大程度是韩莉自己贪财，万一是她搞的，再反过来占我便宜呢？”

“好吧，今天就这样。希望你仔细回想一下，还有没有什么没有交代的事。”刺眼的灯终于关了，房间昏暗一片，秦军仍然看不清那张轮廓的长相。

他明白等会儿将要被狱警领过一段有阳光直射的走廊，紧接着又要回到那个背阴的小房间里了。

“什么？！宋福正跑了？”李伟一个急刹车将车停在山路的悬崖边上，将副驾驶上的平原吓得够呛。“这么快？！”李伟马上把手机开成了免提。

“现在暂时找不到人了，我审秦军的时候本来打算试着吓吓他，说宋福正被我们抓到了，来将他一军的。可是，这只老狐狸也许早料到宋跑了，故意装作不晓得什么也不说，情绪很淡定。我们有点儿拿他没办法了。”金钰在电话那头叹着气。

“那这个宋福正肯定有问题，跑那么快！我猜你们昨天抓秦军的时候，宋福正第一时间就得到消息了。”平原对着电话说道。

“我们也是这么推测的，你们给的举报材料因为并未涉及宋福正，所以当时我们就没有对他采取行动。看来他肯定是心虚了，听到风吹草动扭头就跑了！”

“哎，看来我和平原还是来晚一步，要是在交给你举报材料前来一趟石安也不会这样了。他不会是逃国外去了吧？”

“我们之前最担心的也是这个！好在不久前我们的人到出入境海关那里查了，目前可以确认的是他还在国内，甚至还在成都。估计是躲起来了。”金钰推断说。

“只要在成都就好，抓住他是时间问题。”

“眼前就是要争分夺秒了，秦军这边死也不松口。”

“辛苦了金检察官，有消息麻烦给我们哥儿俩说一下，我们看看还有什么能帮得上忙的。”

“好的，你们那里如果有新的消息也马上给我说。回来路上注意安全！”

第三根烟头已经在烟灰缸里碾灭了，屋子里湿冷的空气与香烟味道融合在一起，闻到会引起人一阵恶心，平原未有在意这种不适，只听到打火机再一次点燃的声音。

“赵总，我说的就是这些了。”平原把身子坐正，等了这么久，他想看看赵云峰听到宋福正这个名字的反应。

“这些都是你一个人去查的？”赵云峰手上的第四根烟抽了一半，终于开口说话了。

“是的，就只有我一个人。”车子一回到成都，平原就把李伟送回了家，他告诉李伟自己要单独会一会赵云峰，观察下他的反应，同时也是为了保护好李伟这个证人。

在调查这件事初期，平原推断赵云峰也是黑的：泽晗出事那天，李伟一行人赶到现场前赵云峰和宋福正是否私下达成了某种协议？是否打算让这件事瞒天过海？这个问题在平原的心里埋藏了很久，他不敢妄下定论。

根据他对赵云峰的了解，赵是个很讲义气的人，处事果断，大家的口碑中也是为人正直的。打电话约他出来的时候，赵云峰一听是关于宋福正的事，语气上并没显出任何慌张，当即就答应平原见面的要求。一个名字就可以将蜀山公司的一把手请出来，可见赵云峰对其相当重视。

“检察院说他人还在成都吧？”赵伸手向烟灰缸抖了抖烟灰，“真是个人渣！”

“目前应该还在。”

两人又陷入了沉默。

赵云峰回想起二十年前他和宋福正游到河对岸后的那段对话，当时宋福正几乎是被赵拖到了对岸。水流太急，他们被冲到了离下河处好几百米的地方，好在岸边有树将他们遮挡起来，并没被对岸的卢杰一帮人看到。

宋福正惊魂未定地倚靠到一棵树下，筋疲力尽，他目光呆滞地看着正把衣服脱下来挤水的赵云峰。

“你这个胖子，快，发什么呆啊！把衣服脱下来，不然等会儿冷死你！”赵大声向他叫道，他看出宋已吓傻了。

“大山哥，你刚拉我跳河的时候我真以为活不成了。让我再静一静，我耳朵进水了，头也嗡嗡嗡的，还没清醒过来。”此时，宋福正连举起手臂摆摆手都吃力。

“你啊，你小子看把卢霞折腾成什么样子！经过这一劫，我劝你今后还是好好做人吧！别仗着你身后的老爹撑腰，就可以胡作非为一辈子！要不是看在咱们还有点兄弟情谊的份上，我才不会救你呢！让你下半辈子做太监！”赵云峰掏出打火机甩了甩水还能用，便点起了一堆树叶准备将衣服烤干。

“哎，我以后听你的，好好做人。拿掉的那孩子也是条人命啊，我这辈子活到现在也没有做过这样的大错事，以后手上相当于多了条人命，成了一个有罪之人！这辈子我心里都不会好受的。”湿漉漉的衣服粘在宋肥硕的身躯上，费了好大劲儿才脱下来。

那天过后二十年间，两人再无联系。起初，赵云峰每逢过年都会按照毕业册上的地址给宋福正寄明信片，可宋从未回复过。后来赵云峰也就不再寄了。

“赵总，以您对他的了解，”平原顿了顿，“您认为他会在哪里？”

“你这是在怀疑我？”赵云峰坐起身，继而一本正经地说，“你的逻辑没错，我和他是大学同学而且是上下铺的关系，是对他比较了解。不过，我敢对着党旗发誓，我绝对和这个宋福正毫无私人利益上的关系！我仅仅是为公司着想，能拿一个项目是一个项目，石安项目当时拿到确实还是挺容易的。公司也少走了很多弯路，谈的价格还不错，利润高，仅此而已。”

“赵总您这么说我也就放心了。”以蜀山公司全体员工的口碑，平原对赵云峰还是信任的。

“我仔细想了想，有个地方我可以带你们去找找，你联系一下那个金检察官。”赵云峰眼神跳跃，似乎记起点什么。

西南工程大学位于成都市郊，依靠着几座丘陵一样的小山，风景还算秀美。一条大河在学校东面穿过，河边便是学生情侣每到晚上谈情说爱的地方。赵云峰的那个年代也是一样，毕竟在九十年代初，大学生谈恋爱早就不是什么新鲜事了。

赵云峰记得他和宋福正读书的时候经常会和几个室友一起在河边喝啤酒吃烧烤，那是他此生最为快乐的时光。所以他每年都会抽空到这里散散步看看学校的变化，来到这里时也会望望河对面当年那个和宋福正一起上岸的地方，自嘲一番，他俩的友谊就在那里走到了终点。

“您好，赵经理，我们警察同志查到了宋福正确实是在这里登记入住了。您的推断可真准！”金钰从前台走到酒店大厅的沙发上坐下，高兴地对赵云峰说，“这个学校内部的酒店还没有联网，因此公安系统的同志之前查漏了。我已经叫人在周围搜查了，一旦锁定目标立刻抓捕！”

“不用，我知道他在哪里，你们的人跟着我就行，我找到他单独上去和他说几句吧，你把对讲机给我，以便你们能听到对话。行吗？”赵云峰熄灭烟头叹了口气，他的语气不是争取同意而是在要求。

“这个……”金钰思索了一会儿，“行，我们就在你不远处隐蔽。但是，你要和宋保持距离不能有肢体上的接触，而且请将手机也交给我们保管。此外，我们会在远处全程录像。”

“没问题，你们按你们的规矩办事就是了。”赵云峰将手机放在茶几上，拿起对讲机别在身后腰带上，起身出酒店向学校河边的方向走去，金检察官一行人在后面远远跟随着。

“这个河堤比我们读书那会儿修高了好多啊！咱们现在再跳下去，恐怕是有去无回哦！”赵云峰向残阳下站在河边的一个肥胖身影大声说道。

“大山哥？”宋福正转身一脸憔悴，脸上还残留着泪痕，“你怎么来了？”

“我？”赵云峰脸上挂着笑容，目的是让宋福正放松心情。刚才在远处看到宋福正的背影，看上去他好像要翻越围栏，赵云峰的心里也是捏了一把汗："我每年都来这里啊。这么巧，你也在这里？"

"嗯？真的啊？"宋福正将信将疑，他松开了紧握围栏的手。

"是啊，我也觉得很巧嘛！这个河堤是十年前修的，去年刚铺了新地砖。"赵云峰离着宋福正大约五六米的地方停了下来，面向河对岸指了指说，"你肯定好久没来了吧？看那儿，我们当年上岸的地方，都认不出来咯！全是河畔别墅了！"

"对啊，对面变化太大了，咱们读书那会儿还是一片玉米地呢！刚刚看到时我还在想，对面这些别墅咱们肯定都买不起了呢！"宋福正自我挖苦道，"工作那么多年后悔当初没下海，如今到头来，还是拿着死工资过日子。"

"你垂涎人家的别墅干啥？自己过自己的小日子安逸稳定不是很好吗？"赵云峰走到河堤边，他双手撑住围栏向宋福正打趣说道。

"哎，几年前我去过一个私人老板的家里，什么东西都是又好又贵的，我们这点收入根本买不起，所以还是挺羡慕的。"

"人家那是自己打拼出来的，要比你努力得多。国营单位亏了，至少还有一份能养家的收入，人家民营老板亏了，那恐怕就会倾家荡产。风险比你大很多，所以要是打拼出来了富贵了，那是他们该得的。"

"产生羡慕以后，我就悄悄地私底下收一些好处费，工程材料方面的，当我了解到有部分材料利润相当高，"宋福正似乎是喝了酒，他并没有理会赵云峰，自顾自话地继续往下说道，"那些材料要进场前，我就收他们的钱，比如电缆防水材料，这些商家明显是暴利，给的红包也就非常丰厚。时间长了就发现这份收入还挺不错的。你敢说你没收过？”

“我从来没收过钱，最多过年过节收一些香肠、腊肉之类的土特产，从未超过标。”赵云峰摆了摆手，他看了一眼脚下冬天里沉静的河水，宋胖子那个身材就算是跳下去，估计也只能是直接沉底，起不了多少波澜，想到这里不由爱莫能助地问道，“你怎么又误入歧途了？你还记得当年，你从那里爬上岸的时候说自己要重新做人不？”

“我就是想起这件事儿才过来的，当时我在石安见到你的时候，我真的无地自容啊！是我的原因才让你那个得力下属丢了性命，确实很对不起你，让你给我擦屁股处理后事。”

“你还好意思说！提起这件事我就生气，你他妈连追悼会都不敢来！泽晗家那边所有压力，都是我扛下来的，给你背了这么大一口锅！”赵云峰冷冷地瞪了宋福正一眼。

佘泽晗遇难的那日，宋福正见了赵云峰一面就急急忙忙地去康定坐了飞机走了，临走前他求着赵云峰把泽晗的事大事化小。赵云峰考虑到本是自然灾害才造成了如此不幸，只能说大家都很倒霉，看着面前的兄弟愁眉不展，知道如果公开处理，对宋福正的仕途之路影响也会很大。念在同学一场的分上，赵云峰也顶着压力将这件事扛下来了。对上级报告就说是因公出差的路上遇难的，并没有透露佘泽晗已到过石安水电站工程项目部。

“对不起对不起，我又把你大山哥连累了。后来追悼会我是真的不敢来啊，我怕小佘的家里人把我打死。”宋福正头埋了好几下，听语气或许真的是发自内心，然而眼前再如何的追悔莫及，也改变不了任何结果，“如果时间能够倒流，我真想回到咱们大学的时候。把职业生涯重新过一遍，或者那个时候咱们直接去深圳下海，也比目前好得多啊！”

“你说的都是屁话！哪有那么多的如果，要是真能时光倒流，我倒是希望你爹和你娘当初就不该认识！”赵云峰指着宋福正骂道，这些小孩子才说的话竟然出自一个中年人之口。如果说人之将死其言也善的话，宋福正说的话却毫无半点悔过自新的歉意。

“大山哥你知道吗，当时你拉着我一起跳下这条河的时候，我以为我死定了。水流当时那么急，我们居然都活下来！这就是命吧！后来我是真的想好好做人，把跳河的事都忘记了，所以也从来没联系过你。哪曾料到，最后还是你把我给收拾了。”

忽然，赵云峰冲到他身边一个耳光就扇了过去，吼道：“你就没有要好好做人过！你那只是在逃避而已，你不愿意和我联系，只是因为我有过关于你不光彩的过去！我今天就明明白白告诉你，那个卢霞我曾经暗恋过！当时是我领着卢杰他们过来报仇的！他妈的，老子也不晓得当时怎么了，看到你的时候居然动了恻隐之心，居然临阵反悔了，还救了你！要是早知道泽晗会因你而死，老子二十年前就把你给削了！你这个祸害人的家伙，早该进去了！”

宋福正捂着脸，睁大了布满血丝的眼睛，渐渐地他坐下来倚靠在围栏边上。赵云峰的那巴掌打得他一阵眩晕，他仿佛在思考着什么，可实际上大脑一片空白。然后，赵云峰向远处的金钰挥了挥手，一群人一拥而上将宋带走了。

“这个败类，真不该把你当兄弟！”赵云峰目送着警车闪着灯光呼啸远去，点燃了一根香烟长长地呼出一口云雾。

“你们这是直接开审啊？”刚到检察院宋福正就被带入了审讯室，他眼角的泪痕还没擦干净眼里也布满血丝。

金钰也好不到哪里去，同样熬了个通宵的提了一箱咖啡进来分发，每人有份包括宋福正。宋福正接过金钰帮他打开的咖啡喝了一口，检察院的效率使他有些不知所措。

“头一回进来吧？看这墙上的八个大字是不是很熟悉啊？”金钰拉开罐装咖啡一饮而尽，用大拇指指了指他背后的“抗拒从严，坦白从宽”。

宋福正睁大眼睛，审讯室的灯光有点特别，对面坐的检察官是看不大清的，因为有一盏灯从办公桌上直射被审讯人的脸，而向上看那八个大字，则是被另一盏灯照得雪白。

“在电视上看到过，单位反腐教育的时候也来参观过。”宋环顾了一下周围，他用被铐住的双手端起咖啡，也喝了一口。

“事与愿违吧？总有一天自己会坐在这里。”金检察官和同事小陈摊开记事本，准备问话。

“唉，世事难预料啊！对了，我不太清楚是怎么回事为什么会进这里？我前几个月都已接受处分了，职都降了，现在大头兵一个。”宋福正的声音有点儿小，大概是因为不具有自信，因而中气不足。

“你的事可不像是降职那么简单哟，自己心里清楚。你说，是我们问你你来答好，还是你直接把事情全都说出来好？”

“我真不知道。”宋福正眯着眼睛，这几天都没睡好，他困极了。

“不知道？那你还跑！你还跑到学校躲起来！你清楚学校里面的旅馆登记没有联网，是不是？”金钰直接挖苦道，他很久都没听到过这么拙劣的狡辩了。

“我，我只是去学校看看，怎么能说跑呢，凑巧了而已，前面是你们没找到我罢了。”宋福正此时慌乱如麻，一来赵云峰居然能和检察院的人在一起，二来他还没做好被审讯的准备，心理上有点措手不及。

“那你为什么被赵云峰打了个大耳刮子呢？你说你贪污了？说说看你贪污了什么？你和他的对话我们可是录下来了的，这会成为庭审的证据！”金钰拿出一只录音笔放在桌上。

“我也就是收了些小恩小惠，没有多少钱，我犯的错不至于被抓到这儿来。”宋福正作出一脸孩子耍赖般的表情。

金钰观察到宋微微抽搐的肥硕脸庞，他已无法掩饰住内心的波动，看来宋福正还在调整心态。金钰明白这个宋福正明显在拖延时间，他敏锐地嗅到了宋内心害怕的味道。对宋福正的审讯必须要迅速，看得出来，宋福正还在估摸着检察院审讯秦军的进度，他仍然打算在供词上与秦军保持一致。

“那些在石安水电站仓库里堆放的两千吨废钢是怎么回事？”

金钰直截了当问到重点。

“什么废钢？石安水电站项目现场我就去过两次，第一次是拍新闻，我当天就回来了。第二次倒霉，遇到了自然灾害。其他的我什么都不清楚。再说了，你们毫无什么实质性的证据，就说那是废钢。当然，你们现在再去挖出来，再好的钢筋也成废钢了哟！”宋福正吐吐舌头，他意识到自己不该说这么多话。

果然，金钰接着宋的话问道：“你怎么知道没有实质性的证据？你们的准备很充分嘛！两千吨钢材，几十辆车，从头天天一黑到第二天中午，十几个小时就卸完了。”

“我说了，我在项目现场加起来待的时间也就两三天，这些事情你们怎么不去查查运输队，或者我们的供应商？”

“这是另外一件事了，正要问你，你们连物资供应的标都还没招，怎么会有供应商来卖给你们钢材？”

“标前临时供应嘛，这很正常，这项目急着上新闻宣传，所以就在市场上找了一个价格合适的贸易商买了一些。”

“恐怕不只是价格合适吧？蓉钢贸易的老板韩莉可是对你们秦总也就是你老丈人陪人又赔钱的，你们当然要从她那里买咯！”

宋福正低头不语，他在这件事上也无力再去狡辩什么了。目前看来秦军已经承认和韩莉的关系，这是秦军和他们说好的底线，死守住这条底线，过不了多久就能出去，他们最多是开出处分，相当于提前回家养老了。至于运输商那边，他早就安排妥当，皮包运输公司现已作鸟兽散。

金钰察觉到宋福正也开始像秦军那样绕圈子了，便先让其回牢房，自己一人坐在椅子上思考对策。

“周老板，辛苦你啦！来，请上座！”平原双手将上座的椅子挪开请老周就座。

“不敢不敢，咱们办正事儿要紧！你们要的东西我都带了。”周老板拿出一个A4纸大小的档案袋，工整地放在桌上。

“太辛苦了！您肯定是费了好大劲儿才弄来的吧？”金钰将其打开，翻阅了一会儿，兴奋地说：“太好了！有了这些我看这两个人怎么说！”

“对了，金哥，我给您说的那个人你们看住了没？”平原抓着一串烤五花肉吃了起来。

“你放心，我们监视着呢，他跑不了。对了！这家店我以前也来过，今天咱们好好吃，我请客！”金钰端起啤酒示意大家一起干了。

“那个宋福正说啥了没？”喝完这一杯，李伟夹起一块包浆豆腐，不巧那块包浆豆腐上面的折耳根碎粒掉了下来，使他连连惋惜，可见心情要比前几天轻松不少。

“本来我不该向你们透露的，这个是我们工作，需要保密的。看在各位自始至终帮了我们检察院这么多忙，我的确感激不尽。有一部分消息，也不是不可以透露的嘛！”金钰调整了一下语气，“这个宋胖子和秦军是一个德行，也是不承认从蓉钢贸易买过来的是废钢，一口咬定是韩莉独自起了歹心。他们两个狡猾得很哟！”

“那秦军听说宋福正也进去了吗？”

“听说了，我们本来计划是用攻心计，来击垮他们各自的心理防线，但是他们或许早就串通好了，难啃啊。”

“韩莉呢？”

“她更绝！啥都不说，唯一的一句话就是‘我觉得，我的那批货是被什么人调包了，其他的我什么都不知道！’”金钰摆摆手模仿着韩莉妖娆造作的语气，引得大家一阵嘻笑。

“竟然还会这样？”平原不可思议，“我还以为他们看到审讯室墙上的‘坦白从宽，抗拒从严’的大字就啥都招了，没想到就跟演戏一样，各自装疯卖傻了！这群狐狸一定是串通好了！”

“实在不行，我明天要赌一把了。如果说秦军是老狐狸，那宋充其量也就是一只小狐狸。我们在审讯时看得出他内心是有弱点的。比如我们套他话的时候，他眼神明显比秦军紧张，有时还会前后矛盾，他明白言多必失，故而刻意不想多说，这个宋福正肯定还存有一丝侥幸心理。明天我要吓吓这只小狐狸。”金检察官敲了敲桌子，继续说：“请大家注意，这些只有咱们几个晓得，明天过完前，啥都别说出去哟！”

“这肯定的，全民反腐嘛！我们都是有责任心的人。就祝您旗开得胜！”李伟招呼大家举起酒杯，“来！干了！”

虽然最近降温降得厉害，可宋福正肥硕的身材被铸在审问座上，使他胸闷气喘不停地流着汗，可也仍然一言不发。

“哟，热了吧？你看看你这身材，肯定是这十几二十年的，没少吃好东西啊！”金钰抬起头瞥了一眼，继续阅读昨天周老板拿来的资料。

“我该说的该交代的都说了呀，我就平时收一些小恩小惠，也算不了个什么，您看啥时候把我给放了？”宋吞吞吐吐地说到这儿，眼神里竟然还装出弱小无辜，“我也就是个小苍蝇。那个……”

“啪！”金钰重重拍了一下桌子，“苍蝇怎么了？你好好的人不当，当个苍蝇还得意了是不是？！懂不懂什么是千里之堤毁于蚁穴啊？！你们这些人，觉得这样子做无关紧要是吧？当初入党的誓言，每年那么多的党课学习，都存在你脑子的哪块地方了？真应该给你做个CT检查检查！”

这时，有个同事敲门进来，请金钰去外面接个电话。“你仔细再想想有什么问题还没交代的，我等会儿再来问你！”说完又向宋指了指墙上的八个大字。

宋福正低头阴笑着，他臆想再过几天他和秦军，还有韩莉就会从狭小的房间搬走。以他的罪名最多也就是“双规”再来个缓刑，他名下的那些主要财产该转移的也早就转移了，剩下那些不值钱的，该没收的交出去也无所谓，出去以后无官一身轻。手上的钱投资点金融产品，完全够吃下半辈子了。

“苍蝇毕竟是苍蝇，牢房到头来是关不住的。”宋福正心里一直这么认为，这句话是秦军给他讲的。

审讯室的门开了，金钰反常地一脸轻松走了进来，他开始收拾纸笔，把纸弄得哗哗响目的是让宋福正听见他在做什么。

“小陈，今天咱们不用审他了！”金钰对还在座位上的同事说。

“什么？金组长这就收工了吗？”事情来得很突然，让小陈摸不着头脑，每次审讯她都是做好了鏖战通宵的准备，连护肤品都带上了。

“对！这货什么也不说，咱们得去找突破口，今天抓了个人，他准备什么都交代了。”

这句话像一股电流让宋福正毫无防备地颤抖了一下，他茫然地望着白炽灯后检察官的轮廓，竖起耳朵想要探听些什么。

“那个人叫宣健！”说完金钰背对着宋，准备关门离开。

他等待着宋的反应，他明白这是赌上了一切，如果没有出现期待的反应，那么这起案子也就只能这样盖棺定论了。

金钰的手握着审讯室的门把，他故意放慢了关门速度，他感受到这样的等待比一年都长。

以他这段时间对宋福正的各方面了解以及在审讯室里宋福正的表现，这个肥硕的胖子是个内心脆弱且懦弱的人，宋福正不愿意承担任何有风险的责任，唯唯诺诺，绑了个老丈人撑腰也被老丈人利用，狼狈为奸。所以宋福正的心理防线不像秦军那么顽强，一旦找到了软肋便能势如破竹地攻下。

“等等！！等等！！我要先交代！我什么都交代！！你们留下来！求求你们留下来！我要自首！”宋福正突然带着哭腔，与之前的态度形成了巨大反差，使在场所有人都停了下来。

金钰的那只手也停了下来，他闭起眼睛深吸了一口气，终于等到了宋福正心理防线崩溃的时候。“你确定？你准备说的都是实话？”他将纸笔重新铺好，和小陈一起坐下。

“肯定是真的，我希望我先自首，我什么都说！”宋福正仰头看到那八个大字，大哭了起来，像是一个丢失了救命稻草而坠下悬崖的匪徒，粉身碎骨前只能哭啼。

大雨从几天前就一直在下，到现在几乎没间断过，雨水落在酒店院子的塑料棚子上发出击鼓般的声音，让宋福正的心无法安静下来。他一个人在二楼棋牌室包间的窗边踱来踱去，时而低头注视着楼下，那片酒店前院里正在被雨水洗刷的空旷水泥地。

这么大的雨，应该没有人选择外出吧？他注意到有辆越野车开了进来，下来两个人提着行李进了大堂，不一会儿其中一个穿西装的人就出门把车开走了。

车出门后右转，消失在视野里。那个方向其中有一条是去山里的路。宋福正看见雨小了，不由得仰天长叹了口气。

他目光停留在那辆越野车消失的方向，继而回头又盯着茶几上的那部手机。他在等电话，这个电话已超过预定时间有一会儿了。在他看来一切都在计划之中，包括今天的雨都是事先看好了天气预报并且考察了当地往年的天气情况。这样他才定夺在今天，将所有人聚集到一起举办开工动员大会。

“人都到齐了吧？我的意思是包括门卫和厨师这些都要来，工地现场不留一个人，把材料库大门锁好就行。这么大的雨哪个小偷愿意出门偷东西。”宋福正向工会代表询问道。

“您放心宋指挥，都是按照您的要求办的。”

“嗯，不错。你先下去招呼他们，先打打牌喝喝茶，等会儿开餐的时候我再下去。”宋福正点了一根烟，他倚靠在沙发上眼光仍未离开过那部手机半会儿。这根烟抽了还不到三口，手机便响了起来，那串熟悉的号码跃然出现在屏幕上，他慌忙地将烟杵灭，接通手机。

“喂，大哥！我小宣啊！这里信号果然不行！还好我早有准备带了一个信号放大器，所以耽误了一小会儿，是在调信号呢！我这边全都弄好了，咱们对个时间，现在是四点五十分，五点整我就按了！”宣健的声音大而急促，还能听到电话那头雨点落在车顶的响声。

“好，我知道了。对了，几分钟前我看到有辆越野车右转出了宾馆，会不会是要往山里走哦？”

“我在山顶没看到项目部有其他车，这边雨大得很，根本看不到下面什么情况。你放心，石安县城那么大，出了宾馆还有那么多路，别想多了！这么大的雨不会一个人开车进山的。”

“这么说，我猜也是。不过还是有点不放心嘛！那你办完事儿就赶紧走，等会儿路一断就要堵车了。”

“明白，后山有条路，我等会儿下去就直接往康定机场走。”

终于是一条船上的人了吗？宋福正将手机揣进裤兜前看了一眼时间，整个通话时间还不到一分钟。他起身打算下楼去人堆里走走，放松一下心情。刚走到楼下手机忽然振动起来，一串陌生的电话号码在手机屏幕上出现，代替了16：54的显示。

“喂？你谁啊？”宋福正习惯性地回头往楼上安静的包间走，此刻他明白今后会面临怎样的处境。最后再过一把指挥长的瘾，故而接陌生电话时语气还是那么傲慢十足。

“宋总您好！我是赵云峰经理派来和您对接的小佘，我现在到您的项目部了。”

“啊？你说什么？”宋福正进了包间，刚关上门听到对方这样说不由大惊失色。

“我说我在您项目部等您，请问您大概多久回来？”

“你现在在山上那个项目部？”他再次确认道。

“是的，我在这里！”

“我们今天项目部全体人员聚餐，就在石安宾馆，你赶紧过来吧！那里现在没人了！”

“啊？好的好的！我马上过来，我刚刚在那里办的入住！”

原来楼下那个开着越野车往山里走的人，就是赵云峰派来的业务经理！宋福正慌了，事情搞得再大，他也从来没想过会出人命。他一次次地拨着宣健的电话号码可就是打不通。此时，宣健已将信号放大器的电源拔了，连上了雷管引爆器的电线！

电话号码不停重播，可始终无法接通，宋福正仰头看着天花板感觉到了骑虎难下的滋味。

“小宣，给你打电话一直没打通！目前怎么样了？”宋福正接通电话的同时注意到了天花板的吊灯微微晃动，已经知晓了答案。

“大哥，哈哈！事情搞定了！我雷管全都炸了，没有哑火的！你们县城那边应该能感受到震动了吧？”

宋福正听闻瘫坐在沙发上，目光显得有点儿怵，再次确认道：“全都炸了啊？”

“是啊，我正在开车下山呢！点燃时正好打雷把爆炸声都掩过了，这事儿是老天爷在帮我们呢！太完美了！”听得出电话那头宣健情绪激动，太过兴奋，“我看到整个项目部都塌了滑下去了，尘土太大！下了几天暴雨这些山的泥土本来就松动了。我刚才用望远镜看到山底下那些放钢筋的棚子，全都被埋了！”

“好吧，这事儿就算办成了，你赶紧回去吧。我要处理其他的事儿了！”说完便挂了电话，宋福正立即回拨了佘泽晗的电话，他开着免提盯着天花板那盏还未停下摆动的吊灯，祈祷着刚才给他打电话的那个小伙子能顺利开出危险区域。

他可不是突发善心，而是因为如果死了人，事情就要难办一些。毕竟是老同学的属下他面子上挂不住。

佘泽晗的电话始终不在服务区，无法接通。

转而他又一想，如果那小子真出事了，也只能说遇到了“自然灾害”天命难违，即使赵云峰见到自己也不妨有过多责怪。

他点了根烟吐出长长的一口，事到如今无论如何也只能往下走了，就在20分钟前他还是有选择权不上秦军这艘船的，而如今必须和老丈人一起如履薄冰地前行。

宋福正打开了机票软件订了明天上午的航班，按照计划要赶紧离开这个是非之地，当手机屏幕显示“付款成功”和“出票成功”后，宋福正这才记起楼下的宴会马上就要开始了，他将手机放回茶几上起身下了楼。

聚会厅的工人们感受到了震动，引起了一阵骚动。大家都紧张地盯着大屏幕等待新闻播报，可新闻一时半会儿还没有传过来，宴会如期而至。

“下面插播一则紧急新闻：石安县县城以北的山谷由于连日大雨造成山体滑坡泥石流，目前还未曾得到是否有人员伤亡的消息。据悉，发生泥石流的地点正好位于石安水电站项目部，我台记者正在赶往现场，将在稍后晚些时候在现场直播报道。”

宴会接近尾声时宋福正预料的新闻终于来了，宴会厅顿时变得嘈杂不堪。

“大家静一静，听我说几句！”宋福正抓起宴会厅的话筒，此时他在职工面前对于突发事件的反应，摇身变成沉稳大气的人格。

他清了清嗓子讲出早已准备好的话：“我看到新闻也是非常震惊，和你们的感受是一样的。我理了理思路，给大家说几句话。首先，今天我们大家都在这里就是不幸中的万幸，我们生命安全都没有受到威胁。其次，我理解大家都在担心，自己留在那里的私人物件损失了怎么办。这个我可以负责任地告诉大家，肯定会有一个赔偿标准的，请大家放心。毕竟老天爷还是很眷顾我们的嘛！最后，我们今天项目部是回不去了，我已派人和这家宾馆的老板谈过了，今晚咱们包了，大家都住在这里。等明早天一亮，我们再去工地上，看看还能不能挽回些经济损失。”

职工们听闻掌声雷动，大家都确信自己跟了一个好领导，宋福正也在洋洋得意中最后过了一把指挥长的瘾。安抚好工人们宋福正回到了包间，翻了下手机，有十几个未接来电，其中有秦军的，宣健的，还有赵云峰的。

“事已办妥，明日回蓉。”宋给秦军回了条短信，秦军回复了个“好”字。

“我已到达机场准备起飞。”宣健发来了短信，宋福正也回复了个“好”字。

接下来就是如何应付赵云峰了，宋福正深吸了一口气拨通了电话。

“大山哥，我看到有你的未接来电，马上就给您打过来了。”

“我看到新闻了，你人没事儿吧？”赵云峰声音大而急促。

“我没事儿，今天正好项目部聚餐在酒店里。”宋福正明白此时赵来电话的意思，可赵云峰一开口问的是自己安危，让这个胖子受宠若惊。毕竟是多年交情，这让宋福正竟有一阵感动。

“你没事儿就好，我派来的那个佘经理和你联系上了吧？你了解他目前情况如何吗？”赵云峰直截了当地问道。

“嗯……”宋福正本想说没有，这样就能撇清关系一了百了，可他认真思考，此事不能撒谎。如果佘泽晗出事前联系过赵汇报情况，他这一撒谎事情就大了，“对，他联系上我了，当时他说在项目部，我们今天项目部的人都在县城的酒店聚餐，我给他说了，让他赶紧过来。可是到现在我也尝试打了许多次电话，也一直没联系上，外面雨太大了，直接出去找也很危险。”

“好，拜托兄弟帮我盯着这事儿，拿出办法找一下。人家刚当了爸爸，也是我在公司重点培养的人才！”赵云峰语气中带着恳求，“或许他困在路上了，那边信号不好我也联系不上。我都在机场了，这里买不到直飞康定的航班，等会回了成都就坐车直接过来。”

宋福正一听赵云峰正在赶来的路上，马上“认真”了起来，就好像这泥石流真的就是一场自然灾害，与他毫无任何关系。此刻他要做的，就是联系当地的警力物力，“你放心大山哥，你的事就是我的事，路上注意安全，我马上派人出去找找。”

清晨，当赵云峰看到被巨石压住的只露出了一只车轮的那辆越野车时，悲痛地昏了过去。宋福正扶住他：“大山哥，我尽力了，等会儿挖掘机就到了，天亮了我们才找到的！节哀顺变啊！你要保重身体才是！”

“你这个衰人啊！真是个衰人！”赵云峰指着宋福正不断重复着，一拳拳捶在自己的胸口。

赵云峰穿着雨衣在滑坡前盯着挖掘机一点点地挪动巨石，从昨晚到现在他颗粒未进，阴郁地看着巨石被一点点挪开。

车几乎已是扁平状，他无法想象泽晗在临终前是怎样的感受。黑暗？疼痛？寒冷？赵闭上眼极力去用心体会这些感受。

“希望你当时是一瞬间就走了，没有任何痛苦。”事到如今，只能这样安慰自己。

宋福正端了一碗热气腾腾的醪糟鸡蛋来到赵云峰面前，有些话他明白根本不该说出来，可昨天订的航班起飞时间就快到了，他急于离开这里，同时也想和这桩人命案撇清关系。宋福正意味深长地对赵云峰说：“哥哥，吃点儿东西吧。我理解您的心情，挖掘机正在挖，人估计是没了。人死不能复生，咱们该讨论讨论后事怎么处理了。您也知道我还从没当过指挥长，工程还没启动就遇到这事儿，挺冤的。大山哥您看您能不能帮帮我，这本来也是自然灾害引起的。”

“你的意思我懂，你先走吧。今后我再也不会联系你，你也别来找我，就此恩断义绝。”赵云峰冷冷推开宋端着碗的手，目光未曾从那辆越野车上离开过半厘。

“这些废钢买来就是用来埋的！趁着监理这些前期还没到现场，我们就做个时间差，大捞一笔。”起初秦军给他说这个计划时，面对宋福正的疑问他这么回答，“我们就是苍蝇，大的伤天害理的事我们不要去做，废钢我就没打算用。你先按部就班地来，该上新闻上新闻，吸引一些系统内部的物资公司来找你谈钢材供应的合作。到时候你也就装模作样一下，他们提什么要求都先答应着，反正最后‘自然灾害’来了什么都不会兑现。”

“那炸药和雷管进场是有登记的，到时候没了怎么办？”

“你傻啊！不都‘发生了泥石流等自然灾害’一起给埋土里了吗？！到时候你让小宣办这个事，他学过爆破，七月份雨大雷声也大，找个极端天气干净利索地从半山那个位置炸了，神不知鬼不觉。”秦军瘫坐在沙发上跷起了二郎腿，“你最多就是个处分，我都计划好了，到时候把你调到梁厂去任个闲职，过两年再出来。反正这一次咱们赚的能抵得上10年的收入！我马上就要退休了也算是挣点养老钱。”

“千万别出人命就好。”

“到时候你把项目部的人都聚起来，随便找个理由开个大会吃个饭什么的，现场一个人也别留，一定要做到万无一失。我看小宣这个人不错，听话、靠谱！”

“我要好好给他说一下，其实这个人当着你是一面背着你又是另一面，社会上混的人，私生活很混乱。”

“那你要把他盯紧咯，他可别出什么岔子。”

“好，这事儿我去办。到时候我先弄点炸药和雷管给他，让他先上山埋起来。”

“这小子都将爆破点给测好了，放炸药的坑也快挖好了。我当初就是看中他学过爆破，所以才找他的公司搞运输的！这种‘人才’真是可遇不可求，天助我也啊！”那时秦军的语气和心境完全就是胜利者的豪迈。

秦军抚摸着办公桌上的红木貔貅，露出了一种志在必得的奸笑。

“你们真的把宣健抓了？”李伟夹起一块藤椒水煮鱼放进嘴里。

“是啊，宋福正招供后，第一时间就行动了，我们和跟踪他的那些警察同志一起把他给抓了。你们猜猜在哪里抓的他？”

“嗯？难道是某个豪华夜总会？”平原学着东北腔，抬了抬眉毛故作一脸猥琐。

“答对了一半！哈哈！”金钰一反常态，露出讨论八卦的牙尖表情，“是在九眼桥附近一个五星级酒店的豪华套房里，我们人冲进去的时候他正搂着一个女人一丝不挂地躺在床上睡觉呢！想必是晚上太过劳累，睁眼看到警察还以为是在梦里，没睡醒呢！”

平原和李伟听闻哈哈大笑。“来来来，吃这个！这锦绣餐厅您也听说过吧？成都最火的苍蝇馆子！这道菜是他们家新出的，叫藤椒水煮鱼，用龙利鱼做的，没刺儿。”

“哟，这个味道确实好！等会儿我要打包一份，家里老母亲吃饭吃得晚，我顺道给她带过去。”金钰吃了一口连连称赞，“我们的同志还在酒店的房间里搜出了少量毒品。这个宣健平时生活糜烂，有了钱就到处挥霍。抓回去后人清醒了就直接认怂了，全都招了。他的口供和宋福正的基本对得上。”

“那太好了，事情总算是水落石出了。秦军那边呢？”

“这个老狐狸，被我们放凉了几天。明天我们就准备好好啃啃他！以目前的证据，零口供定罪都没问题，我倒要看看他还有什么好说的。”

“来，咱们今儿不喝酒，就用豆奶碰一下杯，祝你明天马到成功！”

“我都好多天没怎么吃肉了！这里一个菜就几根肉丝，我吃不饱啊。你说你们检察院又不是牢房，为啥伙食这么差？我就是提提要求，我已是个老年人了，能不能弄点牛奶给我喝？我自己掏钱也行啊，我让我家里人来付钱怎么样？”秦军在审问椅上一本正经地说着话，他被铐住的双手还时不时地举起来摆着手势，就像是在自己的办公室和客人聊着天，一个人演着独角戏自得其乐。

“我去过监狱办事，看过他们的伙食，比这里好。你要不去那里住？”日光灯背后传出一阵笑声，“你自己还有没有什么没交代的，这几天我们太忙了，没顾得上你，你这几天好好想过了吗？”

“我真仔细想了，认真地想了，深刻地想了。”秦军一脸诚恳的表情盯着前方，虽然隔着强光什么也看不清，“还有，你们住的地方太冷了！前几天降温可把我给冻坏了，我居然半夜都能被冻醒。好多年没过过这种日子了。”

“这里的条件肯定比不上家里，又没有空调也没有暖气，秦总平日里养尊处优，到这里自然是委屈您了。不过你再克服一两天，马上就要离开这里了，能享用到好的饭菜了。”金钰的语气略显轻松。

秦军欣喜自己终于熬到这句话了。也是，包养个情妇而已，最多就是个开除工作和党籍。他这个年纪就当是回家养老了，他老家的新房早已建好，异味都散差不多了，三层洋楼欧式装修有暖气有空调，大大的厨房和院子。闭上眼想象自己在冬日暖阳里躺在院子的摇椅上，喝着热茶晒着太阳，韩莉在一旁伺候着。再熬几日便能美梦成真，值了。

想到这里秦军的嘴角不由得往上一翘，他赶紧低下了头怕灯后的人察觉。“这段时间也辛苦你们检察院的同志了，我回家以后一定好好反思，所有处分我都能接受。”

“我说了是回家么？”灯光背后传出的语气话锋一转，变得异常冰冷。

“啊？”秦军脑海里颐养天年的美好画面，即刻间消失得无影无踪，变成了比他眼前日光灯还要白的惨白，“我……那……我是去哪里啊？”秦军意识到事情不是想象中那么简单了，他独自待的这几日里，莫非那个宝贝女婿全都招了？没理由啊，整个谎言犹如行云流水般自然，不会有察觉的，即使招了也没必要把什么都招了啊。

“你那宝贝女婿什么都说了，你还被蒙在鼓里吧？这件事其实出了条人命，他没敢告诉你。他怕最后由我们检察院查出来，这样他就不能被从宽处理了，因此什么都坦白了。过段时间结了案，你和你女婿就好好在牢房里叙叙旧吧，共同探讨一下你们的计划到底是哪里出现了纰漏。”

“什么，居然出了人命？这小崽子办事果然不靠谱！我说了咱们只贪钱拿钱就走，千万不能出其他什么事！”秦军心想，眼神顿时飘忽不定，像是追赶着一只到处乱飞的苍蝇。

“宋福正说他怕你，平时你对他过于严厉苛刻了，你时不时在家里还要数叨他一顿，让他在自己老婆面前都抬不起头。所以你们的计划出了纰漏，他自然不敢告诉你。宋福正以为靠自己的关系就能把这件事压下去，他连对方遗体告别会都没去参加。”

“唉，这浑账东西！自以为是，他明白如果我一旦知道出了人命，那向上级隐瞒肯定是瞒不住的，到时候我必须上报。这样的话处分下来，就不是简简单单把他调到一个闲职上去的事了，所以他一边胆小怕事一边却胆大妄为，竟然对我都只字未提！”秦军的手在审问椅扶手上拍打着，手铐发出沉闷的撞击声。

“这些证据表明，韩莉名下的蓉钢贸易在六月以一千二百元每吨的价格，买入了两千吨废钢，然后再以四千元每吨转手卖给了西部建设。西部建设在发票收到以后一次性付清全款给了蓉钢贸易。运费加钢材费用一票结算，发票日期是7月30日也就是发生泥石流以后才开的。我推断是因为韩莉那边进项发票收齐的时间很晚，毕竟两千吨废钢在钢材市场要一下子集齐也不太容易，需要通过很多家零售的钢材贸易商才能完成。所以有部分进项票开得比较晚，到最后泥石流发生，你们西部建设公司要报整个财产损失了，才急着先把票开了。”金钰举起手中的那个前天周老板给他的档案袋，向秦军晃了晃，“这些证据都在这里面，包括你们让宣健运输的汽车过路费发票，上面打印有详细的日期和运输起止地。你们以为找个运输皮包公司事情办完了司机散了就找不到了？那些司机还不是在市场上接活路，找起来不难。我看了看这些票据，恍然大悟，你们为了快速地把废钢运到工地，宣健居然让司机走高速公路多绕了一百多公里！这样一趟确实是不堵车，速度提高了，可你问问那些专业跑长途的司机们要从成都送往石安的货，哪个不是走国道来降低过路费成本啊！宣健那样的路线，给出去的过路费和油费是收不回来的，运输上面不仅赚不了钱，还要赔钱！哪个老板这么傻。当然，运输亏的钱比起你们这一波差价捞的钱，可以忽略不计。”

秦军终于低下了头，他明白再去狡辩也是无济于事的，金钰所说的话完全没错。他叹着气，自己天衣无缝的计划最后竟然被自己人由于细节处理不当而功亏一篑。“您都说对了，我都认。可有一件事我想不通，按理说事情都过去几个月了，为什么会突然查过来了，能告诉我吗？”

“若要人不知除非己莫为，你没必要知道。准备余生在牢里晒太阳吧，那边菜里的肉丝要比咱们检察院的多。哦，对了，还有你宝贝女婿，你到时候见到他，一定要多说叨说叨他！”看到秦军在招供书上签了字，金钰压在心口的石头终于消失了。

“什么？你被调到昆明去了？”听到这个消息李伟差点儿被啤酒呛到，“怎么这么突然？”

“嗯，调令目前还没下来，但是需要在元旦前赶过去，赵云峰的意思，让我先在那里负责一个项目。”平原拿起一串烤五花肉吃了起来。

“这么说是赵总提拔你去那边当领导了？”金钰打趣说道。

“应该是这样的，正好那边缺人吧，他让我去带个队伍。比较突然，我明天就要动身了，咱们下次见面估计是春节了。”平原的心情是比较复杂的，一方面领导信任是好事，一方面他就要与刘茜茜暂时分居两地，情绪未免稍稍低落。

“总归是好事，出去锻炼几年回来能到中层了。泽晗的办公室一直空着，我等你回来入驻。”李伟倒满酒杯和平原碰了一下一饮而尽。

“管他什么层，我真不在乎当什么领导，把自己工作做好就行了。这事儿也就这么完结了，这段时间太谢谢你了，帮了我们一家这么多忙。”平原拿起酒瓶将酒杯添满。

“别，我真没做什么，不要客气。来，干了这杯酒，咱们兄弟以后一起走！”李伟又倒满一杯。

“要不是你提议到石安看看，我们会漏一条大鱼！”金钰在一旁吃着烤五花肉。

“对对对，咱们都有很大贡献，我也是像当卧底一样把我们总经理给送进去了！哈哈哈！”刘茜茜在一旁附和道。

“再过几天，2015年就要过完了，总算了却一桩事。等你春节回来咱们再去趟石安，给泽涵送点纸钱。”

“一定！今后你我就是兄弟！”

看似完美的结局，然而一想到泽晗的遗孀遗女，心情又惆怅起来。好端端的一个有为青年，再也见不到了。

2015.7.18

平原和佘泽晗面面相觑地坐在驾驶越野车上，任由李伟驾驶着车子穿过成都的大街小巷，开到了神仙树交通枢纽。

“喂，老李！今天周末，一大早的你要带我们去哪里啊？神神叨叨的。”平原坐在后排似乎没睡醒，一刻钟前迷迷糊糊地被李伟一通电话叫醒，说是有很重要的事要马上出差。

“石安！”李伟淡定地说，他单手握着方向盘，另一只手从侧门架上抽出一罐红牛，仰头就半罐下肚，看得出他早已准备好跑长途。

“开什么玩笑啊，那么远！到底是哪个领导叫你去的？”

“这个嘛，我起初说是赵总叫的，那是骗你们的！其实是我想吃那边的坨坨肉了，把你们一起喊上，今天我请客！哈哈哈！”李伟憋了好一会儿，当车子开过高速收费站终于全吐出来了。

“妈哟，你开到那里都可以吃晚饭了，明天才能回来！感觉你这段时间有点儿反常，脑子是不是又出问题了？”泽晗的手伸向李伟额头。

“手拿开拿开！我在开车呢，上成雅高速了，安全带系好！”

“早知道我就把付静一起带上了。你胆子也太大了，开着公司新买的越野车，公车私用啊！”

“没事儿，到时候打包一份给嫂子带回去。也不算是公车私用，油费、路费我自己给嘛！这款新车爬坡上坎的性能好，我的车开不了那么复杂的山路。”

“哟，这碟子新刻的吧？音乐挺带劲的！比我们部门司机老曾强！”平原一看上了高速，撤退的心没了，打开CD机，车内立刻洋溢着欢快的摇滚乐。

“老曾都是‘60后’了！他喜欢凤凰传奇，怎么能和我们一样！”泽晗也明白已无路可退，系上了安全带。

“你说你，想吃个坨坨肉，这一波吃上花的钱，还没这趟烧的油钱贵！至于吗？”平原无法理解地摇摇头，李伟今年变得有点神经质，或许是预测中了几场重要的体育比赛，中了些彩票给嘚瑟的。

“哎，人家如今是有钱人了！就是喜欢追求情怀，咱们不懂。石安那边要修个水电站，赵总前段时间向我提起过，他准备让我负责钢材供应。正好今天搭一下顺风车，过去看看也算是提前实地考察了。老李，你还是用公司的卡加油吧，别费你的油钱了！这次我给你算公差！”

“得嘞！咱们佘总就是豪爽！”

入夏以来，天气像往常一样艳阳高照，山里总归是比城里凉快，下了高速打开车窗，一股凉爽的空气便吹入车里。

接下来要走三个小时的山路，上一次李伟开这条路时是在寒冷冬日。而今日的心情与那时完全不同，绿水青山间他再次看到那些山间的村落。“这里风景秀美，想必第一批定居此地的人也是因留恋这儿的山水，不愿再离去吧。”

轮回还在年初时，李伟就计划着如何让佘泽晗平安度过此劫，而同时又能搞垮宋福正这帮苍蝇蛆虫。今日是上次泽晗出事的前一个星期，那些废钢应该都已存入了山谷中的材料厂。天赐良机，李伟计划这一天已经很久了。只有这个时机是最好的，既能保住泽晗也能将秦军团体一网打尽。

“哎哎哎，石安县城都开过了，你说的馆子在哪里啊？”平原一觉醒来，发觉路两边的房子又慢慢变少，料想是走到了县城的另一头便不解地问。

“别急嘛，就在前面，一会儿就到了。”李伟走上了那时泽晗走的路。车在工地刚建好的盘山便道上开了十分钟，即便是晴天这路也非常难走，而且发夹弯很是陡峭，开的如果不是四驱型越野车，根本上不来。

他在一处山崖边上将车停下，独自下了车。“哟，这里天气好的时候，这里的风景竟那么美！来，咱们下车看看这山谷有多壮丽！”李伟从后备厢里翻出了一台望远镜，走到悬崖边。

“你得了吧，咱们连午饭都没时间吃，就在车上吃了几块饼干，我都快饿死了！你赶紧开车去吃饭吧！李主任，就算我求你了，你居然还有心思看风景！”平原和泽晗也下了车，他们互相递递眼色计划一起把李伟往车上拽，忽然泽晗停了下来，注意到山下有一片蓝色屋顶。

“咦，这不就是前段时间新闻里播的么？”泽晗向那儿指了指，“那里就是赵总说的石安水电站项目的所在地了，下面蓝色的屋顶是材料厂，咱们顺着路再往上走一节应该能到他们的指挥部了。赵总提醒过，我上周还把他们水电站的新闻找出来看了看，当是来考察工地的提前预习，他们指挥长还上新闻了呢。李主任，你方向感可真好啊，是不是走错路了啊？你一进山，我就感觉这路很像是新修的便道。”

“啊？便道？我上次那个地方是一个农家乐，不在城里，上山的路那么多，也许走错了吧？对了，你说的那个指挥长是不是叫宋福正，是赵总的大学同学？”李伟架着望远镜，往蓝色屋顶那里搜寻着。

“你是听哪个人说的？这消息也太灵了吧，赵总说在外面不要提他们之间的关系，他都是悄悄告诉我方便以后业务沟通的。”泽晗有些吃惊，李伟是办公室副主任，与经营业务部门没什么工作联系，怎么会知道这个情报。

“哟，泽晗你看，蓝色棚子下面是什么啊？”李伟没有理会泽晗的问题，他作出一副好奇又困惑的表情，将望远镜递给佘泽晗。

“棚子下面是空的吧？那些都是准备堆放建筑钢材才修建的，我这次来就是……”泽晗的话突然停了，他顿了顿将望远镜拉到最近，“不对啊！怎么都是满的？是钢筋！怎么回事呀？”

“你确定？”平原察觉到泽晗语气不太对劲，他也是业务经理，直觉告诉他这里面有故事，他从泽晗手里接过望远镜，“是钢筋！上面虽然被篷布盖上了，但是两头的一些地方还是露出来了，看样子应该是生锈的。我们离太远了，我只看到两头都发黄了，具体怎样需要咱们下去再看看。”

“钢筋？这有什么问题吗？”李伟继续装作什么都不知道。

“问题大了！这个项目的钢材赵总是和宋福正谈好了的，由我们蜀山物资来供应。现在倒好，山下这么大一片估摸着有2000来吨的钢材不是我们卖出去的，真是见了鬼了！这让赵总知道了肯定要把他气坏。”泽晗边说边回头上了驾驶座，示意李伟和平原赶紧上车，“我要下去看看，这批钢材到底是怎么回事。”

“那……坨坨肉呢？你们一点也不饿了吗？咱们这就下去啊？”李伟坐在后座系好安全带，他的声音有点兴奋，但还是要尽力压住情绪，他明白计划成功了。

“坨你个头啊！遇到这种事怎么还吃得下饭！生意都被人家抢了，赶紧抢回来啊！”平原看到泽晗在专心开车，自己回过头将李伟怼了回去。

“原来如此，哈哈，正好我带了运动摄像机！火柴盒那么大，咱们可以拍下来！”李伟拿出早已准备好的装备晃了晃，脸上充满了期待。

“你总算蹦出点有用的！泽晗，注意安全，别急。”平原看了一眼李伟手上的东西，转身提醒泽晗。

“对哦，泽晗你慢点，上次你都没……”李伟吐了吐舌头把话吞了回去，好在那两人一心只想着钢材的事，并没注意到他。

车子一路下山，来到了山谷材料厂的入口。三人下了车，蓝色铁皮大门紧闭着还从外面上了锁，门口的牌坊上写着“西部建设石安水电站项目材料厂”。

“果然是水电站的材料厂！真是越来越诡异了，这么多的钢材放在里面居然连一个看门的保安都没有。看来不想让太多人知道，掩人耳目。”泽晗拍拍黑色的大铁锁，抬头向上看去。

“这里是山谷谷底，围墙没办法全围住了，咱们顺着墙找找看肯定有头儿。”李伟拿出运动摄像机，把它别在胸上，开机录了起来。

“好，平原你从左边走，李伟你从右边，我在中间等着。有消息叫一声。”

“这儿可以翻进去！”平原走到围墙尽头那儿是一面略陡的峭壁，三个人叠罗汉就能翻过去。想必在修建的时候断定偷钢筋的人不至于从这里运出去，因此借用峭壁当了围墙。

三人进到材料厂内果然空无一人，平原走近一块篷布将其撩开——果不其然里面全是锈得发黑的废钢！

“这些钢材能用？”李伟仔细地拍着所见的一切，包括钢筋锈蚀的细节。

“这绝对不能用了，不要说修水电站了，连建个平房这些钢筋都不合格！”泽晗摸了一下，手上沾满了铁锈。

“这个指挥长他要干吗啊？”平原弹弹身上的尘土，“贪污？这动作也太大了吧？”

“目前废钢的价格是一千五百元每吨，铤而走险这两千吨钢材三百万买入，业主单位给他们的工程计价至少是四千五百元。差价至少有六百多万呢！太黑了。”泽晗环顾着四周堆积如山的钢材感叹道，“这事儿恐怕赵总晓得了，也得把宋福正骂死！”

“咱就别骂了，这也牵扯到我们公司了，你想万一被查到了，他宋福正反咬一口是我们公司供的货那还得了！咱们先拍下来，等回了成都，去检察院举报他！”平原也自己拿出手机拍了拍。

“什么人？干什么的！”在棚子另一头突然出现一个八尺大汉，身穿保安服右手拿着警棍，左手牵着两条恶犬，竟然每只都有半个人那么高！三人见状扭头就跑，那人放狗来追。

“这里面怎么一下蹦出来个人啊！”平原跑得上气不接下气。

“快跑！赶紧翻过去！”三人按原路翻过围墙，狗跳不了那么高，只好在墙角不断吼叫。

“车！车还在门口，咱们赶紧！”李伟反应过来拉着平原往材料厂门口跑。

“那狗太吓人了，像狼一样！”泽晗也是惊魂未定，双腿本能地跟着他俩跑。

“那是高加索犬，和狼是堂兄弟，如果它扑上来就要直接咬喉咙的！一招毙命！这人明显就是铁了心让我们死在这儿，太狠了！正常情况下看门的保安遇到闯入的陌生人都要问一问，他连问都不问直接放狗，肯定是宋福正下了死命令，不准任何人靠近这里！”李伟发动汽车，看到蓝色铁皮大门旁的小门在动，定是那个保安正在开门马上就要追出来了。

等车调好了头，那两条恶犬刚好冲了出来。李伟使劲将油门踩到底，逃之夭夭。

“哎，真是吓死我了！”平原擦着脸上的汗水喘着粗气。

“是啊，这里治安本来就不好，如果真把咱们都咬死了，然后被他往深山老林里一埋，谁也不知道。再过段时间，咱哥仨就都变成失踪人口销户了。”泽晗回想着惊心动魄的那一幕，久久无法释怀。

“咱们现在去哪儿？还去吃坨坨肉不？”李伟回过头对平原问道。

“你怎么这么没眼力劲啊，还想着吃呢！吃你个头啊，赶紧回成都！”泽晗翻看着手机里拍下的画面。

“好的好的，我马上开回去！”李伟点头兴奋地打开了CD机，听着摇滚乐，顺便拿起红牛喝了一大口，在岔路口拐上了回成都的路。

“我说这些东西要不要咱们先存着，再暗地里查一查到底是什么情况。如果马上给出去了，里面是不是还有什么猫腻就会永远不见天日了？”上了高速开了好一会儿车，李伟一本正经地对其他两人说。

“怎么个查法？先查宋福正？那个人看到我们了，说不定宋福正他们，正在计划对策了呢！”平原在后座上斜躺着。

“我觉得伟子说得有道理，我也细细想了一下，如果咱们一回成都就把东西交给检察院，对方肯定是准备好了对策，到时候随便找个理由，死不认账，再把财务流水作假，那岂不是成了我们诬告人家了。”泽晗在副驾上回过头对平原说。

“那放狗的人多半给宋打过电话了呢？如果一旦宋得知有外人进过材料厂，知道那里面是一堆废铁，他会怎样？”平原伸出手指了指后方。

“你的担心是对的。不过，我是这样想的：那放狗的人也是替宋办事的打工仔，如今他开了小差，让人抓住了把柄，第一时间又失手，没把人封口，定是意识到自己给宋惹下大祸了。我赌他不敢给宋如实禀报，他此时绝对还在材料厂里，刚才遇到我们的那一幕，他就当没发生过这事儿一样。”李伟摇了摇易拉罐，之前那瓶红牛已经喝完了，又从中间扶手的盒子里拿出一罐。

“嗯，确实，你分析得有点道理。平原，要不回了成都，咱们先将今天拍到的东西存起来。你去西部建设打听打听，看看有没有熟悉的同学。你大学里人缘好，里面应该有认识的。”泽晗也翻出一罐红牛喝了起来。

“好吧，其实还真有。刘茜茜你记得吧？她现在是西部建设公司的财务。”平原顿了顿，思考了一下，认为事情或许真的没那么简单，赞同了他俩的计划。

“哟！那个大学里谈了三年恋爱的刘茜茜！”泽晗惊呼，“你怎么打听到的？怎么不早说啊！肯定是旧情不忘，默默一直关注着人家。”

“哈哈，原来这里面还有故事呢？”李伟也跟着八卦起来，“看来这是旧情复燃的好机会啊！”

“燃你个头啊！好好开车！”平原霎时脸红了，分手这几年他从未谈过恋爱，一直默默地关注着刘茜茜，从她身边的一些老同学里时常打听她的近况。他当时许愿，如果茜茜找到了另一半他也就放下了，可是这几年茜茜也一直保持单身，他就这么一直等着，想要重新联系却又不知道如何开口。

“搞了半天，你还是放不下啊！当初小打小闹还分手了！我也挺纳闷的，多好一个姑娘，毕业流行分手，发生一点小事就稀里糊涂吵了一架，然后你们俩就再也不联系了。我都替你们着急。”泽晗在一边唠叨起来。

“嘘嘘嘘，少说两句行不？伟子还啥都不晓得呢。”平原从反光镜里看到李伟一脸傻笑，肯定在听，感觉自己的隐私全都暴露了，无地自容。

男人与男人之间如果不是称兄道弟，是绝对不会把自己的感情经历拿出来分享的。

“这有啥，谁还没一些过去啊。没事儿，我不会说出去的。”李伟瞟到了平原的表情，看懂了他心里的想法，“咱们今天也算是挖到了一桩大事，要团结！你就放心地去联系你那个刘茜茜，我敢肯定她会帮你的！”

“去去去，好好开车。”平原装作生气的样子埋下头，打开手机翻到刘茜茜的电话页面发呆，他还在斟酌以什么样的句子开场比较合适。

三人回到了成都，天已黑了，一整天都没吃东西，胃饿得隐隐作痛。李伟将车停在了他经常去的那家烧烤店。

“哟，一进城你说是吃烧烤，本来还说我来推荐一家特别棒的，结果没想到你带我们来的就是我准备给你说的那家。太巧了！”泽晗挑了个位置坐下老练地喊了声：“老板！先来三十串五花肉三十串牛肉！”

李伟见泽晗坐下的地方不由心里一怔，那个是“去年”平原给李伟看宋福正手机视频的位置。

轮回里他没怎么改变过曾经经历的事，而如今，他计划改变泽晗的命运，内心其实很忐忑，但眼前的这个人他必须要救。

李伟绝对不是一个冷漠的人，相反，他平时乐于助人，广交朋友。他清楚如果自己不作为，那么下周，这个此刻正在享受五花肉香的佘泽晗将会躺在冰冷的棺材里。那场悲剧将会在眼前事无巨细地完全重复一次，而这对李伟来说，也是万万承受不了的。所以，不管怎样，能改变整件事的只有李伟，只有这个机会。第一次，李伟真心希望过去的那个2015年是一场梦。

“哎，本来打算把逸航也叫过来的，结果这几天他奶奶病重，走不开。”平原放下手机，拿了一串五花肉对泽晗说，“你学会点了，以前你爱吃五花肉，一次就点五十串，结果吃了一半剩下的就凉了，变得不好吃了。”

“吃！今天这顿算我的，害伟子没吃成坨坨肉，下次咱们去再补上！”泽晗端起啤酒示意大家一口干。

“哟，妹夫，果然是当了领导啊！动不动就请客，这样不好哦！哈哈！”平原在一旁打趣道。

“妹夫？”李伟反应过来，这回还不了解这层关系，做出了夸张的神态，“平原，泽晗是你妹夫？”

“对啊，别给其他人说，我老婆付静是平原的远房表妹。”泽晗靠近李伟，吐着满口酒气悄悄说，几瓶啤酒下肚，他的脸上泛起了一片红晕。

“是啊，今天喝了酒，咱哥几个平时关系也不错，就告诉你了。整个公司就只有你晓得了，以后对佘总和我好一点，小心给你穿小鞋，哈哈哈。”平原也喝多了，随意开起玩笑来，泽晗还是一如既往，没有丝毫领导架子。

轮回开始李伟就喝不醉了，他很久没体会过酒精在喉咙里滑下时带来舒爽的灼烧感了。看着佘泽晗和平原嬉笑打闹地喝着酒，一颗石头总归落了地，接下来的故事，就要靠他俩去探查真相了。

“什么？辞职？”周一一大早，平原走到李伟的办公室，“你真的要走？”

“是啊，想了很久了，本来几个月前辞职报告就已写好了，还是舍不得你们。既然这次泽晗和你都好好的，我也就放心了。石安水电站那件事就要靠你们慢慢查了，要帮什么忙的话给我打电话就行。这周末我请客吃饭，把逸航也叫上。”李伟拍了拍他的肩膀。

“什么意思？我和泽晗都好好的？”平原眉头稍稍一紧，他肯定听不懂，介于李伟这半年在公司的状态，神经叨叨的和曾经大不一样，或许是人各有志，往后时常相聚就行，“走得那么突然？你接下来可有什么好去处？”

“还没任何计划，或许会自己开个咖啡馆当老板吧。哈哈，先去旅游旅游再说。我交接完工作，周五就离职，你和泽晗配合好，一定把这个宋福正送进去。对了，那个刘茜茜，我看好你哟！”剩下的事他已不需要参与，在公司留到当下也是因为当初为了救泽晗，事到如今他已顺利渡过劫难。

接下来，李伟拨弄着那些银行卡上靠彩票得来的巨额现金，计划好好享受轮回带来的优越。

建设路五金店

成都已有近一个月没像这样阳光明媚过了，在昨晚经历了瓢泼大雨后，蜷缩在被窝里的安越被久久期盼的晨曦唤醒。

虽然太阳还未完全升起，可那一片橙红色发着温暖光芒的天空，预示着今日的灿烂，注定会把过去整个月积攒的阴霾与寒冷彻底扫荡。安越上班的地点是在住所的正东方向，一路被这朝霞指引，他心里便萌生了翘班的计划。

上午的工作时间他全程都在机械式的埋头苦干，丝毫不敢向窗外窥探一眼，怕的是那股温暖的光芒吸走自己最后一点定力。

到了午餐时间，当窗外正午时分的阳光洒在办公桌上，早已躁动不安的他再也不想工作了！

“算了，懒得吃饭了！跟随阳光吧！”安越自言自语，左手拎包，右手直接按掉插着台式电脑插线板的开关，转身就出门来到电梯厅。看到电梯还在其他楼层，他已无法等待，直接走消防通道冲出了楼外。

踏上街道的那一瞬间，心情就像是《肖生克的救赎》里安迪爬出下水道管越狱后，在大雨中重获新生一般！

剩下的工作到了明年再去完成吧，领导肯定会理解的，因为他其实昨天就回老家了！安越快步逃离了办公大楼这片区域，幸好没有碰到同事。

今天是今年的最后一天，2015年12月31日。

安越贪婪地呼吸着难得的新鲜空气，这种偷来的时间让他倍感珍惜，加快步伐朝着白果林小区走去。

今年的冬天降温比以往要晚一些，城里的银杏叶子虽然黄了但到今日还有许多挂在树上，经历了昨夜的雨，大街小巷能看到被环卫工扫起的一个个金色叶堆。“现在那里一定很美！”安越边走边想象着那被金色树叶铺满的街道。

由于工作日的关系，白果林街道的游客会比较少，那里知名度很高，银杏叶变成金色的这个季节，每天都有络绎不绝的摄影爱好者和外地游客慕名前来。一群群人分布在每棵银杏树下驻足自拍、他拍、各种拍，理想中空无一人的安静街景只有靠脑力才能弥补了。城区中绝对找不到一个空空荡荡的银杏院子了。

安越走得飞快，来到了离白果林只有两站路的抚琴小区。

抚琴小区是一片20世纪80年代末的老房子，巷子很深，不熟悉的人走进去经常会迷路。街道两旁还穿插着些更早时候建的红墙黑瓦的平房，这些房子早在十几年前就陆陆续续变成了一个个星罗棋布的棋牌室。路过抚琴小区，你能听到接连不断的麻将声，此起彼伏，形成市井特有的乐章。

一些布满青苔的瓦片堆放在墙角和砖墙融为了一体，这样的老房子以后不会修只会拆，所以成了摆设。抚琴小区里最高的居民楼也只有六层，新旧输电线无序地在空中交叉着集合到一桩又一桩已裹成织布梭般的电杆上，然后又各自朝不同的方向分散开来。一些屋顶人家养了鸽子，天气好的时候到了傍晚会看到鸽群在这片上空旋转，它们从来不会飞到老房子以外的空域。

火锅店、串串香、肥肠粉在这里遍地开花，每每到了饭点到处都能够闻到一股股浓浓的麻辣鲜香，成都市井的味道印刻在每一个土生土长的人的记忆里，像那群鸽子一样根本不会忘记自己的归宿。

记得7岁那年，安越姨妈在抚琴小区里开了一家火锅店，当时的他还吃不了辣椒，每次一大家子在火锅店聚会，他就跑到对面的小吃店吃钟水饺或者海味面。如今而立之年的他作为老成都人，已每月离不开火锅的洗礼，即使姨妈的那家火锅店早已不在，可路过这里也能从嗅觉上回忆起成长的片段。

一只猫的闯入打断了安越的行程，它在安越面前从巷子的一棵枣树上跳到了对面的房顶，使得房顶一片本来就摇摇欲坠的瓦片正好落在安越的头上，他疼得叫了一声。好在瓦片掉落处不高，只是轻微的擦伤。

安越抬头用抱怨又责怪的眼神看着那只猫，这是一只平日里不多见的暹罗，脖子上还挂着铜铃，看起来不像是野猫，是被主人放养的。那只猫坐在原先瓦片掉落的地方斜着脑袋向着安越轻声叫着，似乎表达着歉意。

这只猫的举动非常乖巧惹人怜爱。“今天早上出门的时候就知道，自己一定会忍不住翘班，于是顺手把相机装进了包里，本打算走到下个路口在便利店里买吃的时拿出来准备，没曾想在这儿就有了拍摄对象。”安越悄悄地打开了挎包摸出相机，“光圈4，焦距35毫米，感光度200，曝光时间1/125秒。”他一边默念着一边迅速地调好了参数，准备对准它按下快门。哪知，刚举起相机那只暹罗便扭头跑到了房顶上，它回过头又看着安越，他调整好镜头要继续跟拍，可那暹罗朝房顶的另一头跳下了，无影无踪地消失在了取景器里。

他放下相机遗憾地盯着猫消失的方向，突然看见那只猫消失的背景里，竟然是几棵壮硕的银杏树！

实际上，银杏是成都的市树，城区里到处能见到不足为奇，可如此高大的银杏在居民小区里可是难得一见。微风吹过叶子便像风铃般的发出爽朗清脆之声，一部分树叶随风飘落，这幅场景像是一场从太阳上落下的光斑雨。

安越心情也由郁闷转为欣喜。

去白果林的计划临时改变，他顺着房屋找到了这几棵大树生长的院子入口。院门很小，是20世纪90年代初家属大院的铁门，门口为了防止汽车的进入特地安了两个可以活动的不锈钢挡车杆。除了这挡车杆以外其他的设施看上去基本上是安越小学时代留下的，黑色的电表在院门内墙上一排排整齐地安放着，它们上面布满了蜘蛛网。电表下方钉着几个不同品牌的牛奶箱，由于许久前中断订奶，一些锁都有了铜绿。门卫室一侧有几个钉在墙上的绿色信箱，也露出了里层生锈的铁皮，一旁的小黑板上写着这个月的物业管理费还有哪户人家没有交。

门卫大爷背对着大门，他在门卫室里专心地看彩色小电视里演的琼瑶剧，对安越的进入漠不关心。

里面的院子不大，院门是开在东南角的，除了南面是自行车棚其他三面各是一幢老式居民楼，一进院门这四座建筑围成的院子便一览无遗。刚才在院外看到的那四棵硕大的银杏树，生长在院子四个角落。

或许是门卫大爷很长时间未打扫院子，使得银杏叶沉积在地上成了厚厚的地毯，阳光穿过大树与空气中的水汽形成一根根光柱，让小院四周墙面镀上了一层金色，安越被一股安静而温暖的光环包围了起来，他闭着眼深呼吸，享受着空气中叶子的清香。

仅仅是一幢楼便将外面喧嚣隔离，在院内安越一个人和四棵参天的银杏此刻形成了独处的空间。整个院子也只听得到脚踩在落叶上的沙沙声，似乎穿越到了远离城市的树林中，让他一下子就喜欢上了这儿。

一声猫叫打破了这个安静的空间，安越朝着声音寻去，原来是那只屋顶上打扰他的暹罗，它在西南角的银杏树下朝安越瞟了一眼，转身疾跑窜入了北面那幢居民楼一楼人家的窗户，想必那是它主人的住所。

安越朝着猫的方向看去，猫主人的那户人家门很特别，似乎是一所咖啡馆。

“是谁会把咖啡馆开在这里？”安越诧异地靠近它，观察着咖啡馆门外。

这是一家由住户改建的咖啡馆，店门是将一楼的阳台围栏拆除后，用柚木板搭建了楼梯通到院子的地上，方便客人的进出。因为是改建，阳台的入口只安装了一扇未刷漆的橡木门，楼梯边的黑板上用不同的颜色写着“正在营业，本店提供，咖啡、茶、点心、各类西式菜品”，木门中间挂有一个写着“年轮”两个字的牌子，就是这家店的名字了。除此之外门口并没有什么类似于其他西餐厅的装饰，打眼一看，是不会察觉到这座阳台的与众不同的，老板很用心地将入口与这幢居民楼融为了一体。

“难道这里是一家私房西餐厅？”安越好奇地向门口走去，如果光是咖啡馆在这里肯定没什么生意，开在如此隐秘的位置，很可能是某家传说中的私房菜馆，并且必须是只能预约用餐的那种，无意中被自己踩到了。

他靠近门口朝木门边的橱窗向里张望窥探着里面的环境，看见一棵上面还挂着几片银杏落叶的圣诞树，大概是前几天过圣诞节，餐厅的老板把它拿到门口作为装饰，所以刚收回去还没来得及打理。

屋内有音乐声传出，能够感觉到是镲打击出的节奏。可因为隔着门声音微弱听不出是什么曲子，就在他无意靠近咖啡馆门口时，一股黄油浓香忽然蹿入鼻腔，占满了安越的嗅觉。

从单位出来安越不仅午饭没吃，甚至连一口水都没喝。眼前闻到这样的味道，顿时饥饿难耐，也不管这私房菜馆价格是否昂贵，是否需要预约才能进入。

白果林那边远不如此，既然误打误撞闯入了这样别致的院子，那花上时间与金钱在这里午餐也是一番享受。

安越踏上木制楼梯拉开了木门，门上连接的风铃随即叮当作响，进门的右手边是一个“L”型的吧台。

“欢迎光临年轮，请问先生有什么可以为您服务的？”一位穿着黑色西装，像领班一样的女服务生站在吧台内，微笑着向安越鞠躬致意。她谈吐得当、举止优雅且美丽端庄，虽然是服务生但眼中毫无卑微之情，充满自信，一定是经过严格培训的服务人员。像这样气质的服务生只有在飞机上，或者相当高档的酒店才能遇见。

“我是来用餐的！”安越被这样漂亮的女服务生亲切地问候，浑身有点不适应，眼睛马上从她身上挪开，毫无目的地四处张望。

“请问您的预约电话是？”女服务生翻开一个记事本，等待着安越念出电话号码，

“哦，我临时来的，没有预约。”安越显得有点紧张，果然是要提前预约的！如果被这样请出去确实很尴尬。

“好的，没关系，今天预约的人不多。您可以随便就座，那边的包间也可以。”服务员放下记事本依然保持着露八颗牙齿的标准微笑，向安越点头示意。

安越找了个进门的吧台位坐下，将相机放在吧台上，那位女服务生立即双手递上菜单，他粗略翻了一下，好在价格不是贵的离谱那种。想想院子里的景色，这一点就能让他欣然买单。点好餐后安越开始仔细环顾这间餐厅的内部格局。

这是一间由民房改建的餐厅，吧台靠墙的一面原本是入户门，被主人封了起来，变成了酒柜。客厅里安放了两套黑胡桃木四人餐桌，桌椅都是未刷漆的原木色，透露着浓浓的西式田园气

息，地板是方块花纹的实木地板，天花板上安放着几盏西式彩色玻璃吊灯。餐厅里回响着冷爵士小号演奏家Chet Baker的《I Fall in Love too Easily》。顺着音乐传出的方向，安越看到了一台大喇叭的留声机，黑碟在上面不停旋转，伴着曲声时间在这里好像变慢了不少。

留声机旁边有个方格花纹布做的帘子，方才点好餐后女服务员便进去了，那里一定是厨房。客厅北侧和西侧各有两个房间入口，那两个应该是服务员所说的包间了。

令安越惊讶的是，西侧包间的门口还有一个古色古香的木质楼梯通往二楼！这样老旧的民宅居然内部结构如此超前，一定是老板买下了这两层楼自己改建的。安越笑笑，这种情况算是违规改建了。

这所餐厅的格局完全让你忘记身处在一所老式居民楼里。

安越的座位能将整个一楼餐厅的布局一览无遗，他喜欢这样的位置，这样就能够利用角度拍摄一些摄影作品，将它们发布于网上获得点赞。今天能够意外享受到这样的餐厅，全凭自己运气好，安越兴奋地拿出相机趁着大厅空无一人，多拍几张好晚上回家修图给大家分享。

在他将镜头对准木制楼梯时，取景器里出现了一双棕色的翻毛皮鞋，看来是有人从楼上下来了。

这双鞋缓慢而沉稳地踏在阶梯上，伴随着留声机的音乐发出有节奏的脚步声，牛仔裤、亚麻原色上衣从下到上渐渐依次出现。从他相貌上来看和安越的年纪相仿，他戴着金属圆框眼镜，就显得比同龄人老成不少。眼神中透着一种历经风雨般处变不惊的气质，这样的气质使得安越不敢对他的年龄妄加判断。这种眼神是年轻人怎么装都装不像的，他对安越点点头，直接走到了吧台内面对面。

“小缪，怎么不给客人倒杯水啊？”他语气平和地对着方格花纹布的帘子说道。

“哦，对不起，马上就来！”女服务员的声音从帘子内传出。

“实在对不起，她不知道中午会有客人来，有点怠慢了。”他从酒柜里拿出一瓶红酒倒了一杯递给安越，“您好，我叫李伟，这家餐厅的老板。新年快乐！请您笑纳这杯酒，算是我赔礼了。”

“谢谢您，这家餐厅很特别！”安越致谢道。

从李伟走下楼梯他就一直在观察，那种特别的气质使他产生了好奇。安越推敲着，能够有这样一家餐厅的老板肯定是一位既有钱又有品位的人，李伟这个年纪要说是白手起家的话，应该不会有这个实力，那么这位李先生也许是一位家境殷实的公子哥。可李伟的言行举止中，并未含有那种富有背景出生所依附的优越感。

李伟对安越的那个微笑，不存在店主人的那种得意，反而使人对他产生一种好奇和亲近。安越推想他是否在这间餐厅待得久了，被束缚住了。大概是经历过太多故事，闯荡过江湖，最后开了餐厅。于是生活的圈子变小了，所以他会经常和客人聊天来解解闷。久而久之，便形成了能与人亲近的特点。

“院子里这么古老的银杏树，如今在城里非常少见了。”安越说着回头指了一下窗外。

“是啊，当时盘下这店的时候发地址给朋友们，他们都很诧异我为什么选到这里，直到亲自来了这里看到院子里的银杏树，一下就懂了。”李伟从酒柜里拿出一只红酒杯也给自己倒了杯，“这家店本来是给我朋友们聚会而开的，没怎么对外宣传过，您是这几天的第一位客人。”他举起酒杯与安越碰了碰一口喝下。

安越很诧异，李伟说这些话的时候并不沮丧。按照常理，一家餐厅连续几天没有客人，那老板一定会变得非常焦虑才对。

“哦？是不是这里太隐蔽了，外面的人很难发现这儿还有家餐厅。又或者是因为快过年了，今天还是工作日，大家都在忙。明天就是新年了，生意一定会好起来的！”安越的话里含着些许安慰。

“对呀，明天就是新年了。”李伟拿起酒瓶往两个杯子里添了酒。

安越见李伟抬头若有所思地望了望窗外的阳光，他的嘴角微微向上翘了一下。这表情的含义里没有欣慰和盼望，倒更像是一种无助的惆怅。可能是由于生意不太好的缘故吧，明天生意多半也不会好到哪里去，因为城里大多数人在节假日都喜欢去山里或者古镇玩，李伟肯定是意识到了这点。

“时间过得真快，又是一年过去了。老板，祝你在新的一年里能够生意兴隆！”安越再次举起酒杯，为打破这略显尴尬的局面，毕竟老板请了酒，所以一定要说上祝福的话。

“谢谢您，为了新的一年！也祝您身体健康。还不知道朋友您怎么称呼？”

“哦，平安的安，跨越的越，安越！”这么多年，每回初次见面报出自己名字的时候都有点难为情，因为几乎所有人都会有如下反应：

“好有趣的名字，安越，平安跨越。”李伟开着玩笑，“那你活到今天，肯定一直非常顺利吧！”

“什么呀！大家都觉得这名字好，可是不顺利的事情却一直没怎么停过呢！”

小缪将一杯柠檬水端出，放在安越面前弯腰示意，转身又进入了帘子里。

“是啊，比如存了许久的钱好不容易买了个35毫米的人文镜头，却在从包装盒子里拿出来时不小心掉在了地上。”李伟瞟了一眼安越放在吧台上的相机打趣地说道。

“啊！”安越忽然叫出声来，“你说的正是我半年前的遭遇！当时那个心疼啊，悔恨地差点吐血。三十五毫米的镜头，一万多呢！像我们这种基层的小公务员要存小半年才能买到，你说我当时怎么就那么激动连放在桌上拆开都等不及。唉！”安越叹气摇头，想必是再一次体会到了当时那种心情。“你可猜得真准！”

“哦？是么？”李伟继续往下推度着，“我估计，后来你是花了五千多元换了镜头上那块摔碎的镜片，吃了一个月的泡面！”

安越瞪大眼睛，莫非李老板也有过同样的遭遇？他举起酒杯与李伟一干而尽。

安越想，连镜头是从包装盒里刚拿出就摔坏的细节，老板都能臆测准，遇到这样相同经历的人概率是多少，真的是每个人都会遭遇到墨菲定律？

“巧吧？是一个朋友告诉我他的遭遇，恰好是一年前。那天他也在这里坐在你的位置上给我讲的这件事，所以这真是巧上加巧！”李伟拿起红酒又给两个酒杯添上，脸上浮现着一丝神秘的笑容。

“马上这一年就要翻篇了，安先生可有什么遗憾？”李伟将吧台椅拖过来隔着吧台坐在安越对面。

安越边摇动着红酒边仔细回想着，他突然注意到这红酒与平时喝的口感不太一样，异常甜美芬芳，下意识地瞥了一眼瓶身，瓶身的那张纸上印着一处庄园：有农场、有树、有城堡，几个人在农场里其乐融融地劳动着，图片下方印着这样一串字母“Chateau Lafite-Rothschild2007”，安越认真地拼读这行字母，当他拼到“Lafite”的时候反复默念，不敢相信自己读出来的单词。

李伟注意到了安越的眼神，他拿过酒瓶面对着那张包装纸，脸上的笑容仍然未改变：“对呀，这是一瓶2007年产的拉菲，如假包换。”

“什么！这得多贵啊！老板您别和我开玩笑啊，我只是一个工薪阶层的，这几杯你让我买单估计一个月工资都悬！”安越慌张地说，声音略带哭腔。他极度后悔刚才喝酒时忘记看包装，这牌子的红酒他只在电影里见过，如果等会儿老板一翻脸让他买单，估计只有把自己的相机抵在这里了！难怪老板一下楼就时不时地瞟向自己的相机！

此刻的安越，脑子里除了误入黑店的惊恐和后悔，没有了任何思路。

“放心，我说了请你就是请你。放心地喝，聊聊这一年有什么放不下的事。我很久没和人聊过天了，刚刚也告诉你了，这些日子生意不太好做。”李伟举起酒杯又是一饮而尽，“这瓶酒放在这里很久了是店里最好的一瓶，本来以为会在今年卖出去，到最后卖成本价都没人买，原因是没有特有钱的客人来光顾吧。所以今年最后一天我本来就准备自己喝掉它，恰好你来了，索性就一起喝吧。”

听老板这样说，安越的情绪冷静了一些，可还是如坐针毡，他点的仅仅是一份土豆沙拉和一碗意大利草帽饺，加起来的价格翻十倍也不及这区区一杯红酒的钱。作为一个商人，绝不会无缘无故如此慷慨地将镇店之酒拿出来请客的，除非，眼前这位文质彬彬的李老板已经疯了。安越缓了口气，回应说：“看您这家餐厅的装修应该花了不少钱吧？您自己还不算是所谓的有钱人？”

“我真的不是你认为的那种有钱人，至于我是怎样的人您一会儿就明白了。咱们换个话题吧！”李伟从吧台的抽屉里甩出了一副扑克牌落在安越面前，将它们一张张地铺开，不紧不慢地说，“我们来做个游戏，请从里面选四张牌，然后一张一张慢慢地翻面，这些牌和普通扑克牌不一样，上面不是花色而是一些只字片语，您看一下抽出的四张牌是否与你的一些往事有关。如果是的话，那么请你把这件事的遗憾告诉我。”

安越疑惑地盯着李伟，他完全摸不透李伟心里打算做什么，初次见面就请自己喝那么贵的红酒，然后又请他一起玩扑克。

既然红酒都喝了，也不好意思拒绝老板，于是搓了搓手选定了四张牌。这副牌的大小和普通扑克牌一样，背面的图案就是年轮餐厅的标志——一圈圈的年轮。

“那我开始翻牌了！”安越翻开了第一张牌，牌上写了两个字：“汤锅。”

“嗯？汤锅？”安越转了下眼珠，似乎不存在关于汤锅的特别回忆。

于是翻开了第二张——“钥匙”。

看到这两个词放在一起后，他的面色开始略显凝重。

总有某些事物的出现，让某件印象深刻的事像闪电般侵入意识，这些事物就像精确导航一般，引你走到那段回忆的面前，再一次让你身临其境。

在安越的记忆里，这两样东西同时只在一个地方出现过：“不！不会那么巧！如果是这种情况，那么，还有两样东西必须也在！”他显得有些激动和慌张，抓起酒杯喝了一口。

第三张扑克——“锁”。

“不，不会的！这个词的出现还有一种可能，那就是凑巧和钥匙是一对！”尽管这样安慰自己，可安越还是无法克制内心翻滚的浪涛。他目光转移到还未曾翻开的第四张牌，年轮标志像是一个深邃的旋涡，魔幻般地指引他向旋涡中心点坠落。

李伟在一旁看到安越脸上的神情变化，他似乎能够预料即将发生的事，嘴角始终挂着那神秘的微笑，处变不惊。

李伟转头摇晃着酒杯，看这珍贵的红酒缓慢地沿着内壁流下，似糖浆一般黏稠，又饮尽一杯。

当第四张扑克翻开的时候，安越一切侥幸的思维都停止了，他瘫坐在椅子上，脸上充满了不可捉摸的表情，他无法在心里说服自己眼前的这四张牌，只是凑巧同时出现而已。

“最后一张是手表吧？”李伟侧身给自己倒着酒，并没有看到牌，“如果我猜得没错的话，这四样东西背后的故事，只有你自己晓得。”

“你是怎么知道的？”安越的眼睛突然含着泪光，在他的心里这四样东西饱含着某种意义，只有他自己明白它的分量。

自从那个暑假后，安越从未向任何人提起。此时，他仿佛看到了被夕阳染成金色的楼房，还有一个孩子在路灯下的轮廓。

“你到底是谁？是从哪里听说的？”安越感到年轮的旋涡拉住了他好久，终于回过神，直直地盯着李伟。

“我在这里等您很久了，小墨先生！”李伟转身面对安越，说道，“我是清泉寺渡予大师的朋友。”

“渡予大师？”这个名字让他听起来很陌生，而更诧异的是，“等等，你怎么还知道我叫小墨？”

“建设路的那家五金店您还记得吧？还有这张照片。”李伟拿出一张发黄的彩色照片，这张照片是很多年前从报纸上剪下来，然后贴在硬纸板上塑封起来的。照片上是一对爷孙，开心地对着镜头笑着：爷爷身材壮硕，头发花白，他穿着白色背心露出健壮的手臂，看得出身体很好；小孩应该从来没照过相，眼神显得稍许紧张，表情看起来不那么自然。他也穿着和爷爷同款的背心，大概是贪玩，背心上有许多黑色污渍。爷孙俩背后有一块牌子，上面画着安越翻出的扑克牌上写着的那四样物件：汤锅、锁、钥匙、手表。

安越每每回忆童年，总能记起的场景是自己在一间阳光明媚的房间里，有一张凉席铺在地上，前面就是电视机，那是一个暑假。微风吹进房间，安越将电视机调到少儿频道躺在凉席上，等到快五点时，就会听到一个熟悉的声音在门外喊着“小墨开门！”，然后两个好哥们儿一起看五点整播出的奥特曼。

安越小时候父母就去了深圳做生意，只有春节才会回来。他的大部分时间是和爷爷一起度过的。他出生时母亲差点儿因难产而死，祖父安易儒抱着这个长孙，希望遭此劫难后全家都能顺利，故单名取了个“越”字。刚填报完新生儿姓名表，恰好钢笔漏墨滴了一滴在安易儒的白衬衫上，老头迟疑片刻后灵光一现。“以后这小孩的小名就叫小墨吧！”

长孙总是被祖辈们最宠的那一个，可安越的祖父似乎不太一样，他理解儿子在外拼搏，只有自己能教育孙子了。安易儒不仅要担任起爷爷的角色，还要承担起小墨父亲的那一份责任。所以自从安越上了学，邻居们总能听到他被安易儒严加管教的哭喊声。

在那个物质生活还不怎么丰富的年代，牛奶这种东西不是许多家庭每天都能消费的，安易儒清楚，儿子刚下海经济上不能给他太大压力，那时候还没有退休的他，用自己全部收入来拉扯这个孩子，牛奶一定是每天的必需品。

那时候的牛奶店，在菜市场南边沿着百货商场的外墙小路走一会儿就能到。安越记得有时候爷爷会带着他一起去买牛奶，路上会路过一家五金商店。

在安越有记忆的时候，那家店就开在那里了。

五金商店门口有一块瞩目的大牌子，上面画着“汤锅、钥匙、锁、手表”，说明这家店的老板是个全才：会补锅，配钥匙，开锁，还会修手表！他是个和安易儒年纪相仿的老人，姓汤名耀祖，听说他当过兵打过仗，抗美援朝的时候才刚成年。在一次战场上救战友时，一条腿被敌人的炮弹炸断了，退伍回家后就在这儿开起了五金店。军人的手艺是专业且细腻的，他修东西的技术得到了建设路新村周边人民的一致好评，有时刃具厂的工人还会过来向他请教技术。

汤耀祖有个孙子叫汤小康，和安越小学同一年级。汤小康的父亲在他三岁时得了肺结核，没过多久就病死了，小康刚上学那会儿母亲也扔下他，改嫁去了外地，只剩他一个人与祖父相依为命。

刚一上小学，汤小康就成了全校最困难最悲惨的学生。

每年三月五日学雷锋献爱心的时候，班里的老师、同学们都会组团去汤家开的五金铺子打扫卫生，并且送一大堆的日用品和零食以表达对他的关心和照顾。小康心里其实不愿意被这样特殊照顾，他想和其他同学一样，至少能像个普通人。每次被这样特殊照顾时都低着头不说话，只有汤耀祖在一边招呼客人。

汤小康身边没有一个朋友，同学和老师们都认为他不善于交际且不合群，平时他自己也没有要和同学们主动交流的意图。老师日常里还是对他照顾有加，他很聪明，学习成绩也不错，考试名列前茅。

在家里，汤耀祖将全部的心血都灌注在小康身上，其实五金店生意挺好的，因此家里经济条件也算可以，小康需要什么汤耀祖尽量满足。小康也很懂事，从来不会向爷爷要求乱买什么东西，即使是最喜欢的玩具，也是主动设好期末考试的目标，等考好了他才有资格向汤耀祖提。

勤俭节约、成绩优秀、连续三年都是学校的三好学生。让人意外的是，如此优秀的汤小康在同学们主动接近时，却经常不合群不交流，就连春游都是独自散步，饿了就一个人坐在角落里喝水吃面包。

安越记得当初与汤小康相识的场景，是在一个有火烧云的傍晚。

那天的最后一缕阳光将建设路新村染成了金色。放学后，安越已经回到了自家单元门口，他看到一个穿同样校服被阳光染成金色的男孩向他一边招呼着一边跑来，安越站住不动看着他，心想这个人自己并不认识。

“同学，我折的纸飞机飞到这家人的院子里了，你认不认识他们？能不能帮我要回来？”男孩剃着平头，皮肤黝黑，个头和安越一样，身材比他壮，一看就是经常锻炼身体。他的校服看起来好像是很久没洗了，衣服上随处可见黑色的油渍。他背的书包还是小学报道时学校统一免费发放的，如今已是三年级的下半学期，许多同学都背上了自家买的新书包，男孩的那款蓝色书包破破烂烂，还能看到上面用粗线缝合起受力易坏的地方。这个男孩就是汤小康。

安越第一眼看到脏兮兮的汤小康，是有些嫌弃的。可过了一会儿马上就对他有了好感。

“哦，那个正好是我家，你在门口等着，我进去给你飞出来。”安越在院子里找到了那架纸飞机，他惊奇研究着这架纸飞机的折法，它不同于安越以往知道的任何一种。小孩子永远都喜欢新鲜的东西，纸飞机这种玩具在孩子世界里有着特殊的含义。谁折的纸飞机飞得越久谁的就越好，他在这帮小朋友心中的地位也就越高。安越揣测在门口等他的那个孩子应该是个高手，便亲自将纸飞机送出门口。

“咦，你怎么出来了？我还盯着你家的墙等你把它飞出来呢！”小康对安越笑笑，露出洁白的牙齿。

“这个纸飞机是你折的么？”安越把飞机递给他。

“谢谢！是啊，怎么了？”汤小康转身将它抛了出去，它在空中不停地盘旋着，神乎其神，安越心里默默地数着数记着时间，居然这架纸飞机比安越的那架飞行时间长了一倍！

“你教教我呗！”他赶紧放下书包从里面找到一个作业本撕

下一页纸，“教我怎么折，我请你吃大冰如何？”

“不喝大冰！我要喝可乐！”小康略微犹豫了一下，指了指街对面小卖部门口新贴的可乐海报。

“好！”安越摸摸兜里的零花钱，掂量着是否够买一瓶转身就跑向了小卖部。

“我叫安越，三年三班的。你以后叫我小墨就行。”安越将可乐递给小康的时候咽了咽口水，这种饮料平时他舍不得买。

“我叫汤小康，三年二班的。太巧了，我们是一个语文老师教的！”汤小康喝着可乐兴奋得差点被呛到。

“原来你就是学校广播里经常表扬的汤小康啊！久仰大名！对哦，以后可以一起做作业！”由于不在一个班上课，所以安越只在广播里听说过他的故事，学校很为小康着想，他的身世只有三年二班的同学了解，在广播里小康就是一个品学兼优的好榜样。

“哈哈哈！承让承让！”小康学着武侠电视剧里的语气说，“我家你应该是听说过的，就是菜市场走过去那家五金店，我爷爷开的。”

“原来那五金店是你家开的啊！我爷爷每次带我买牛奶会路过，我家的锅坏了还去修过，还有，我爷爷去你家修过手表的！”

“是吗？缘分啊！”

两个人一直玩到了天黑，直到安易儒在新村里用他的大嗓门才把安越召唤回了家。

在和汤小康熟悉后，小墨发现其实小康和其他同学一样，也喜欢奥特曼、变形金刚、圣斗士，家里也有好玩的玩具。可是小墨不明白为什么小康总是一个人放学回家，从来没看到过和他的同班同学一起。

小墨的家在小康回家路上一大半的位置，开春那段时间雨水很多，他们约好放学在教室门口等着撑伞同行。有一次二班的班长悄悄问小墨是如何和小康交上朋友的，小墨想了想用了一个他才学会的词“缘分”，二班班长一脸诧异。

“你和你们班谁玩得最好？”在学期过半的一天放学路上，小墨终于问出了这个试探性的问题。

“要不你去我家玩玩？”小康正好买了一把羊肉串，分了一半递给小墨。

那家五金店小墨和爷爷路过了无数次，他却从来没有进去过，今天头一次进店居然是受店老板独孙的邀请，男孩子总是对机械工具之类的东西感兴趣，小墨兴奋地点了点头。

进门前小康指了指门口那个画有“汤锅、钥匙、锁、手表”的牌子说：“这块板子都是我爸还在的时候画的了，那么多年都褪色了。过段时间放暑假了，我们要把这块牌子收了重新画一块。”

“到时候是你爷爷画吗？”小墨走进仔细看这块牌子，是一块三尺长的正方形木板，经历了无数次风吹雨打确实已严重掉漆，只有远看还能辨认得出图案的轮廓。

“这个简单，肯定是我画呀！你到时候一起来，我们一起画。”两人进屋小康指了指堆在门口的几罐油漆，“就差一块板子了，放假后我们去家具厂切一块。来，进里屋。”

这家店是在居民楼里由一楼住房改的，阳台那面临街，汤耀祖就把阳台拆了搭起了门面，里屋原先的客厅是各种五金用具的柜台，平时顾客就是在这里挑选商品。小康带小墨穿过里屋来到餐厅，电视机放在饭桌上，平日里就在这里会客，小康让小墨坐在吃饭的方凳上，从冰箱里拿了一瓶可乐。90年代初可乐对于人们来说是一种奢侈品，两三元一瓶的价格是一个普通职工半天的收入，小墨也只在过年时能够享受到这种饮料，他两眼发光地接过易拉罐，拉开拉环“嗞”的一声充满了仪式感。

“那原先那块牌子呢？扔了？”小墨抿了一口，感受气泡在口里爆破的清爽。

“怎么可能扔了，肯定是收起来啊！那是我爸画的呀！”小康也拿出一罐可乐关上冰箱门，他回头转向碗柜的方向努了努嘴，示意小墨往那里看。

小墨这才注意到在碗柜旁还有一个台子，上面摆放着一个黑框黑白照片，它前面用盘子装了一些水果，还有一个香炉，相框两边各有一盏蜡烛电灯，这是一个简易的祭台。照片是小康爸爸的遗像。

“对不起，我真不知道。”小墨赶紧站起身对遗像鞠了三躬。

“哈哈，没事，其实我们班的同学隔一段时间就来我家帮助我这个孤儿，但你却是第一个对着我爸遗像鞠躬的人。”小康坐下，“我家里就我和爷爷，小时候爸爸就走了。那些见过爸爸的叔叔们有时候来我家看到我就会说我长得越来越像爸爸，我只有看照片才记得他长什么样子。”

“鞠躬这事是爷爷教我的，他说看到朋友家人的遗照要主动鞠躬，在家里我奶奶的照片也在台子上，每天都要给她上香。”小墨注意到小康不是那么伤心，心情也放松下来，“其实我也不太记得我爸爸长什么样子了，他和妈妈在很远的地方做生意要到寒暑假才会回来看我一下。所以平时在家里也是我和爷爷两个人。对了，你妈妈在什么地方呢？”

“她？我爸走了三年后和一个经商的男人跑了，她把当年嫁给我爸时奶奶传给她的金手镯还给爷爷了。隔个一两年才回来看我一次，我也不记得她长什么样了。我在刚上学那会儿是有几个朋友的，他们对我特别好反而让我不自在。”小康喝着可乐，“那时每隔一段时间他们就会送我水果和饮料，还会来我家里打扫卫生。结果后来才明白都是老师安排的，他们本是不愿意来的，老师对他们说只要帮助汤小康就可以评三好学生和优秀小学生标兵，这才勉强来的。我知道以后就不和他们交朋友了，后来我就不太喜欢那些主动来向我示好的同学，看到他们我都会以为是老师安排的。你不一样，那天是我拜托你帮我捡纸飞机才认识的。”

“原来如此！每次听到广播都在表扬你，你成绩是真的好呀。要是我成绩像你这么好，期末拿双百分我就可以给我爸爸打电话让他在那边给我带一个日本进口的奥特曼了！”小墨有些同情小康却不懂该如何安慰，他赶紧换了个话题。

“我平时没什么朋友，所以放学回家只有做作业了，做完作业还有一些时间就可以巩固一下老知识预习接下来的新知识，有句我们下学期要学的句子‘温故而知新，可以为师矣’是孔子说的，所以是要比一般同学快一些。”小康的神色很是自豪，毕竟学习成绩本来就是在学校同学间立足的重要因素，“其实我家里不穷的，店里生意不错呢！爷爷在里面电焊的时候隔壁开小卖部的李奶奶还会来柜台帮帮忙。至于每年学校组织班里同学来送东西，我倒是根本推不掉呀！哈哈哈，他们就是想评优，谁在打扫我家的时候最卖力谁就能获得一朵小红花！”

“下学期？就是四年级，你连那个时候的书都看了呀！”小墨对小康心生佩服，还有一点惭愧，爷爷安易儒当时手把手教自己在上小学前认识了几百个汉字，使他在学校得意了一整年，结果第二年就变得成绩平平了，老本吃完了，当然就和同学们在一个起跑线上了。小墨从来都是能玩的时候绝对不会看书，该看书的时候想方设法去玩。

“只是有一次路过旧书店我看到几本高年级的书，读起来挺有意思的就买了。”小康拿起易拉罐和安越碰了一下，“咱们都是只和爷爷在一起生活，好巧！”

“我爷爷退休前是小学老师，他有时候还给我讲课。要不要以后放学你也来我家一起做作业，你成绩好他肯定喜欢你！”

“这样就太好了，我爷爷他晚上要去茶馆打麻将，经常很晚才回来，我一个人待在家里有时候还挺怕的。”

游戏厅是小墨这学期每个周五放学后必去的地方，辛辛苦苦积攒了一周的零花钱，花的时候必须要每一分用在刀刃上，安越的刀刃就是游戏币了。

小墨曾向小康发出过一起去游戏厅的邀请，可他似乎对电玩不太感兴趣，所以每周五这对好朋友都会分开。游戏厅位于菜市场内部，里面有八台摇杆机，其中四台是“拳皇”，一台“越战”，两台“恐龙”和一台“彩京”。小墨爱玩的自然是最流行的“拳皇”了，每次去那四台游戏机都是人满为患。

这天放学后不用大扫除，运气好到游戏厅的时候正好那四台机子还有一个空位。小墨赶紧买了币就投了进去。游戏是这样的规则：一方各自选三个游戏角色轮流上场，谁的队伍战斗到最后谁就算赢，一台游戏机可以两个人玩，独自玩是打电脑，两个人就是对抗。

小墨玩的那台本来是一个高年级的学生独自在那里与电脑对抗，小墨走过去一投币就变成两人对抗了，谁输了谁就失去了继续游戏的机会，需要再投币才能玩。那高年级的学生比小墨高半个头，穿着其他学校的校服，看到屏幕切换成了对抗选人模式，他冷笑一下，藐视地看着这个小孩，不知天高地厚居然要来挑战他。

结果，还不到两分钟，高个子便败下阵来，小墨得意地选到电脑模式，准备挑战“大蛇”。小墨游戏里的八神庵和草稚京两个角色，是这片玩得最好的，一般人和他对抗，碰到前两个就会败下阵来。高个子显然不服，重新买了币来到小墨身边投了进去，然而结局并无变化，仍然被小墨三比零扫地出门。

高个子恼羞成怒，他余光瞟到小墨正以嘲讽的表情盯着屏幕，他不信邪又投进去一个币。结局还是毫无任何悬念，三比零干净利落地将其打败下线，他只好悻悻地走了。

打完最终BOSS“大蛇”，小墨心满意足地走出了游戏厅。刚走出菜市场，在回家的一条近道小路上，小墨被一双大手拉住书包，连人带包直接被拽到地上。他在地上打了一个滚，抬起头认出那个人是刚刚在游戏厅被他打败的高个子。

“小子，你能耐啊！在游戏厅里面玩儿拳皇，技术挺不错啊！”高个子边说边向小墨走近，将刚从地上爬起来的他又踢了一脚。

此时小墨才反应过来，多半是得罪到外校的混混了。他摔在地上很疼，双手已擦出了血丝，头也晕晕的，小墨缓缓气，站起身拍了拍身上的尘土：“你有本事打游戏打赢我啊！”小墨是很要强的人，如果不是高个子突然背后袭击，将他打得无力反抗，正常情况下他俩至少能打个平手。

那高个子根本不予理会小墨的话，一个耳光打过去。“你还嘴硬啊？小子，就是玩儿了那几轮，你害我没钱买游戏币了！送点钱过来，快！”

“没有！”小墨捂着脸，想到书包里还有几元钱，那是这周剩下仅有的零花钱了。如果被抢了，周末不仅打不了游戏，想吃小零食都不行。

“来，我不信！搜身！”高个子走过来，要抓小墨的书包。

“不！”他扭头向自己身后看了看，这条小路此时连一个人影都没有，跑是跑不赢了，难道辛苦存下的零花钱真的要被搜刮去了吗？

“哎哟！”突然那高个子痛苦地嚎叫了一声，蒙住头疼得在地上打滚。小墨往他身后一看，原来是小康！他举起路边的一块砖头向高个子扔了过去！正好打中了他的后脑勺。

“快走！”小康招呼小墨，两人拔腿就跑，一路跑到了小康家里。

“你怎么会在那里？”小墨上气不接下气地问道。

“还不是你说那个拳皇好玩，我做完作业，估摸你应该还在那儿玩，就过来看看。结果走到半路就见你居然被混混堵住了！”小康从冰箱里拿出两瓶可乐，有点心虚，“你说，我胡乱扔的砖头过去，不料不偏不倚，正好砸中了他的头，他会不会死啊？”

“肯定不会，我们跑的时候他还在大声叫唤呢！我看电视里的急救小常识教的，那些人要死的话，早会一动不动的了，叫那么大声，精神可好着呢！”小墨打开可乐一口气下去大半瓶。

“看来这段时间咱们别去那里了。”

“不敢去了，再也不敢了！哈哈哈！”小墨摆摆手，两人相视而笑，这是他俩第一次联手和别人打架。

在男孩的世界里只要联手打过架，那就是由好朋友到好兄弟的标志性转变。

初夏，小墨的父亲托人带回来一台海鸥牌的胶片相机送给小墨当礼物，弥补这段时间没有在身边陪他的空缺。在了解了一些拍照的基础知识后，小墨成天拿着相机到处拍照甚至在学校里当着老师的面拍，相机毕竟不是玩具况且价格昂贵，只要不影响学习，严厉的班主任也不好没收。

校刊编辑部那时都还买不起照相机，每逢拍照都需要从校外的照相馆请师傅来，如此一来小墨随即被他们看上，成为学校少先队的小记者还给予了“两条杠”中队长的头衔。

“安越同学，听说你和汤小康关系不错，他人很优秀，这次学期末再次被评上了‘校先进学生’。汤小康同学家里的情况你或许有所耳闻，所以这次叫你来就是让你去采访一下他，用你的相机多拍拍照片，然后出一份新闻稿，我们准备在放暑假前的那期校刊上发布。”在期末考试的前半个月，大队长将小墨叫到办公室向他下达了任务同时递给他一瓶可乐，小墨喝着可乐拍着胸脯连连点头。

晚上在家安易儒给小墨和汤小康听写完成语后，小墨向小康说了白天校刊的事。

“哈哈，他们居然把你都请来了！学校从没有过学生当记者的，你是历史第一人！曾经那些老师想来我家采访，我都以家长不在家给拒绝了。咱们俩是好朋友，这次独家专访就算你的了，打算什么时候正式采访呀？”小康对于采访是比较反感的，谁都不喜欢把自己悲惨身世公之于众。只不过，这次是小墨——他在学校里唯一熟悉的好朋友，这样就不会显得尴尬，故而爽快地答应了。

“那就这个周末吧，下周要期末复习，快要考试了。”小墨看了看墙上的日历。

“好，那周天下午我在家等你。”

周天下午快吃晚饭时，小墨拿着相机如约而至，汤耀祖招呼着他先吃晚饭边吃边聊。进门前小墨提议趁着太阳还没下山，先给小康和他爷爷在门口来一张合照，爷孙俩愉快地答应了。

“小墨啊，小康这段时间放学后到你家里来补习功课可是辛苦你爷爷了。”一进屋汤耀祖就从冰箱拿了一瓶可乐递给小墨，看来小康家从不缺可乐。

“嘿嘿，没事。他听写一个也是听写，多一个没关系的。小康成绩好，每次都比我快，好多词语我都要背很多遍才写得出来。”小墨嘻嘻应着，看到饭桌上居然打包回来了一盒肯德基，这种食物在90年代初是属于传说级别的，一块炸鸡抵得上一个工薪阶层一天的收入。在那个年代任何吃过肯德基的小朋友都能得意一整年。

小康看了小墨一眼，其实他也满怀期待地盯着装着炸鸡的盒子。“爷爷，现在可以吃了吧？”

“可以了，吃吧吃吧！小墨你不知道，我刚买回来一会儿，小康他就忍不住了！一直盼着你早点来。”汤耀祖打开了盒子，炸鸡的香味布满了整个房间，他挑了块鸡腿递给小墨。

小墨从来还没有吃过肯德基，只是在电视广告上看到过，他双手接过鸡腿仿如仪式一般的往上沾了点辣椒面，细细品味着炸鸡味道，极力将这样的味觉烙在脑中。

三个人欢快地度过了晚餐时光，等一起收拾完餐桌，小墨便从包里翻出相机，在屋子里拍来拍去。

“汤爷爷，您的腿是怎么断的？听说是打仗救人，方便讲一讲么？”小墨声音变小，有些不好意思，可这个问题他已盘踞在心头很久了，终于借着采访的理由问出来了。

“哈哈，没错！都过去好几十年了，抗美援朝那时我才十八岁就当上了班长，有一场仗要上一个高地，美国人的炮火那是相当的猛啊！”汤耀祖倒了一杯水坐下来，“后来强攻了几次都没有打下来，汇报完情况后，上级决断让咱们先撤退，准备在山下先把他们围住等待机会，我们班里的副班长是我老乡，他比我大几岁叫张子强，在下山的时候他被子弹打中了腿没法跑了，我就背着他跟在其他战友后面跑。就快要抵达安全区时，哪知一颗炮弹刚好就落在我俩身后，炸向我俩的炮弹片几乎全被张子强的后背挡住了，我也被炸晕过去。”

汤耀祖呡了一口茶，眼中闪烁着泪光：“醒来后我躺在帐篷搭起的医疗队里，排长来看我，他告诉我张子强牺牲了，我的腿也截肢了一条，以后没法打仗了。于是我退到二线当起了修理兵，汽车、枪炮、钢盔，只要是从前线打坏了下来的我都能修。我开五金店的本事就是在那个时候学到的。”

他讲到这里，小康放下手中的可乐罐突然插嘴：“那个张子强的老婆就是经常来店里帮我们忙的李奶奶！听人家说，自从我奶奶走了以后，那个李奶奶就一直想和我爷爷在一起，可是爷爷一直都没答应人家。这事儿街坊邻居都晓得，我也挺喜欢李奶奶的。”

“嘘！一边去！你还小，不懂，不要听其他人胡说，你长大了就会懂了。”汤耀祖拍了拍桌子，瞪了小康一眼，小康淘气的小眼睛骨碌碌转着翻了个白眼。

“对哟，小康，还没去过你家的后院呢！”此时气氛有些微妙，小墨察言观色后转移了话题，指了指那扇通往后院的门，好奇又期待地看着小康。

“后院啊。”小康犹豫了一下打开了房门，“好吧，进来看看吧。”

小康的后院是属于他自己的空间，后院本该是种种花花草草的地方，而这里却建起了一间独立的小木屋，房子结构坚实占地约有15平。

这是属于小康的屋子，温暖而紧凑，房间里摆着单人床、衣柜和书桌，在墙上有奥特曼的海报，最显眼的是一面摆满了百科全书的大书架。

小墨自从进屋后，眼睛里就充满了惊讶与羡慕，他想起自己的房间只有床和衣柜，做作业是在饭桌上而书架则大部分是爷爷的书，至于那些奥特曼海报只有折起来躺在抽屉里，等到想起时再拿出来看看，根本没有机会像这样肆无忌惮地贴在墙上。

“每次同学们来我家里看望我，我都是将这里锁着不让他们进去。你是第一个来这里的人。”小康倚靠着门口对着小墨，“我家前面的客厅和小房间都改成店铺和工作台了，少了一间卧室，所以爷爷就在院子里建了一间给我。”

“原来如此，这样一来你房间就变得好大了！”小墨举起相机拍下了那面书墙，“我的课外书就只有《十万个为什么》，你这些书我听都没听说过。”

“哈哈，你要看哪本我借给你就是了。”

“那是什么？”出了小屋的门，小墨指了指紧邻屋边搭起的绿色塑料棚。

“那是我自己的工作台，我爷爷教我了一些修补东西的方法，我的书包坏了都是自己拿牛筋线加固的。”小康得意地说，“这里什么都有，熔炉呀、电钻啊、各种五金工具。玩具坏了我也自己修！”

“你太厉害了！”他装上闪光灯给小工作台也来了一张。

天色渐黑，小墨的采访工作也圆满结束，因为采访对象是小康，所以也没有向他问什么问题，两个人看完了晚间播出的《变形金刚》他便准备起身告辞了。

“小墨，能拜托你个事儿不？我不太愿意把家里的照片公开出来，能不能就只给他们一张我和爷爷的合照？”小康将他送到门口忽然说道。

“这个没问题，交给我吧！”小墨理解小康，毕竟在学校眼里他是一个悲惨贫困而又坚强刻苦的同学，是同学们的榜样。如果让大家都知道了五金店实际上生意很好，而小康在家里也过着和同学们一样的幸福生活，那么学校就不好再以他为榜样来激励其他同学了。对于小康来讲，他倒不在乎什么榜样和拿什么优秀学生称号，他只是想在这么多同情的眼神背后，有一片独属于自己的欢乐天地。

周二，小墨拿着装有洗好照片的信封交给了大队长。

“你怎么没拍他家里的情况呢？比如家具啊，房间呀。”他将信封打开，仔细地瞧了瞧，确认只有一张照片。

“拍了的，但是我不小心曝光了，只留有这一张。”小墨低着头承认错误，“我的相机好像出了点小问题，拿出胶圈的时候可能是因为相机的转轴卡了，其他胶片都停留在暗格没有卷进去，所以开箱的时候都没了。实在对不起。”

大队长显然听不懂什么转轴、暗格、开箱这些专业术语，除了他，也没人能采访他们，因而无法责备小墨。

期末考试结束的那天，学校里每人都拿到了印有汤小康和汤耀祖在自家五金店门口合影的校刊。

“小墨，谢谢你！”小康拿着报纸朝小墨挥了挥手，“明天就放暑假了，你怎么过？”

“我还没什么打算，要不，你来我家一起写作业吧！我听爷说我爸听说我这次考得不错进了全班前十，他托人给我带了礼物，等段时间就能拿到了。”在分岔路口小墨从小卖部买了两瓶可乐跑过去递给小康，“暑假作业太多了，到时候咱们一起做要快一些！”

“要快一些？”小康似乎不太明白这其中的诀窍。

“你那么聪明都想不到啊？我从前往后做你从后往前做，做到中间咱们本子相互一换再一抄不就事半功倍了吗！”小墨避免让过路的同学听到，在他面前小声比画着。

“哦，原来可以这样！”汤小康瞪大了眼睛恍然大悟，“我就说假期作业这么多，每次我都要开学前几天才做完，而那些同学还去外地旅游，就说这哪里来的时间！”

“嘘，小声点！别让其他人听见了。我也是才想到的。上次开学那天交完作业后，我无意偷听到班上有几个同学聚在一起聊天，才知道还有这么个方法！他们成绩没咱们好，咱们可以做得棒棒的！”

“太好了。这样就有大把的时间去玩儿了！交朋友还有这个好处啊！”

暑假开始后，每天下午四点，做了一天作业的小墨就会在电视机前铺上凉席，将频道调到少儿电视台。《圣斗士星矢》结束以后就是五点整播出的《奥特曼》，小康每次都带着冰镇可乐如约而至，两个人就这样享受着暑假傍晚带来的惬意时光。

“小康以后你早点来，圣斗士也挺好看的，快演到打黄金十二宫了。”

“哦？真的么？刚放暑假的时候我看了开头，后来不是要做暑假作业了吗，就没时间看了。黄金圣斗士的盔甲很好看，几点播出呢？”

“四点半，你就提前半个小时来嘛，过来也就一刻钟。”小墨喝完最后一口可乐对小康说。

看完奥特曼，安易儒也做完老年健身操回来了，一如既往地带了半只卤鸭准备给两个孩子做晚饭。

安易儒很喜欢汤小康，这次期末考试小墨的成绩提高了不少，和小康的影响有直接关系。每次给他们听写语文词语时小康总会又快又准，小墨渐渐地也后来居上。这两个人互相激励进步，往后定能成为一生的挚友。安易儒省了不少心，也很高兴小康每次能留下来吃晚饭。

“你说，奥特曼为什么没有像圣斗士那样穿件盔甲呢？每次都被怪兽打得好惨，最后才反败为胜。”小康将一口饭塞进嘴里，眨眨眼。

“哈哈，你在想什么呢，他要是有了盔甲那就没得打了。”小墨心里觉得他说得有道理，如果有件盔甲该多好。

“我就觉得必须有一件，你看预告了没，过几天艾斯奥特曼完结了，下一季泰罗奥特曼就是有盔甲的。”

“啊？那个只是头上多了几个角，本来就长这样吧？”

“反正要比现在的艾斯奥特曼好看。”

“也是，自从南夕子变成月亮女神飞走以后，这部就没什么意思了。”小墨夹起一块鸭腿放到小康碗里。

“对对对，赶紧完结！这部后半段只剩北斗星一个人变身了，一点意思都没有了。”小康幸福地啃着鸭腿，继续说，“对了，昨天爷爷从木料厂把新牌子的底板买回来了，明天咱们一起把牌子画了吧！就是门口那个牌子。”小康比画着一个大大的正方形。

“汤锅、钥匙、锁、手表？”小墨接道，“好啊好啊，那我明早吃了早饭就来！”

小墨画画基础不错，新的牌子由小墨画好图案轮廓，小康染色，图案是照着原先的那块画的，差别不大。画完后小康在牌子后面用油漆写上“小墨和汤小康画，1994年7月”。

“以后这块牌子掉色了，咱们就继续画新的。”小康将旧牌子放回了小木屋，郑重其事地把新牌子挂上。

汤耀祖在一旁连连称赞，感叹地说：“你爹如果在天有灵，肯定很高兴！咱们汤家后继有人啊！”

小墨远在深圳的父亲听说了这次期末考试儿子取得了优异的成绩，他去香港的玩具城给儿子买了一个泰罗奥特曼模型寄了回来，并写了一封信。

“你看，我爸爸给我写信了！”小墨像往常一样从门口迎接小康，他手里拿着信欢快地在小康面前跳来跳去。

“哦？是吗？写的什么？”在小康的世界里，从来不曾了解爸爸在家庭里扮演什么样的角色，他好奇地从小墨手里接过信。

亲爱的小墨：

爷爷打电话来说，你这次的期末考试考得很好进步很大，我和你妈妈都非常高兴。这半年你妈妈和我都在忙于生意，同时还要装修刚买下的新房，所以一直没有回来，我们都很想念你。

以前的暑假都没接你过来，是因为租的房子太小，怕你晚上睡不好。

我和爷爷说好了，再过一个星期我们就可以搬到新房去了，到时候你和爷爷一起过来玩。这个礼物你还喜欢吧？半个月前我和你妈妈去香港出差，听说现在小朋友都喜欢这个于是我们就买了。以后你的成绩一旦有进步，告诉我们，我们一定会送你更好的玩具。

平时你和爷爷两个人在家里，一定要听爷爷的话，好好孝顺他老人家，要比其他的孩子懂事一点。

好了，咱们爷俩见面慢慢聊，我们一起去世界之窗玩！

爱你的爸爸妈妈

1994年7月22日

“哇，你要去深圳了啊！”小康读完脸上充满了羡慕的表情，原来如果有爸爸妈妈是这样的幸福，虽然人在远方，可还是能触摸得到一股股亲情。原来爸爸可以说出鼓励的话，买最好的玩具，带他去旅游。

有那么一闪念，小康心里产生了一种莫名的不舒服的感受。他明白这种感觉是嫉妒，他在心里纠结了一会儿，果断挣脱了。他和小墨是最好的朋友，好朋友应该替他高兴才对！

“嗯嗯，我爷爷拿着户口本去买机票了！”小墨一脸期待，“我还没有坐过飞机呢！回来告诉你是什么感觉。”

“那我们这几天抓紧时间写作业吧，我们各自的一半都快写完了，这样你就可以好好的在深圳和爸爸妈妈一起玩了！”小康指了指小墨放在书桌上的《暑假作业册》。

“对哦，太好了！那我们这几天抓紧时间做！”

临走的前一天晚上，小康正要回家，小墨将他叫住，将泰罗奥特曼双手递给他：“我不在的这段时间，你先拿去玩吧。”

“你什么时候回来啊？”小康接过玩具，这几天他不太开心，因为不知道自己要怎么度过这个暑假，本来有机会让爷爷带着小墨一起去青城山游山玩水，可眼前只剩下他爷孙俩。他又回到了以往不认识小墨的暑假，那时候的他只能每天在小木屋里看书。

汤小康抱着泰罗奥特曼，心情宽慰了些。

“我生日前吧，因为生日是在开学前几天，必须要回来。不妨提前两三天回来。”小墨将小康送到巷口。

“好，那我等你回来过生日！”

“一言为定！到时候我要订一个大蛋糕，咱们一起吃！”

“哈哈哈，好！”听小墨这么一说，小康的忧郁一扫而空，他高兴地向小墨挥了挥手。

通往五金店的黄色路灯下，小康的背影越来越模糊，变成了一个轮廓。安越将这个轮廓牢牢记住，等到看不见小康了，才转身回家。

夏天的深圳是炎热的，小墨和爷爷到了父母刚安顿好的新家。剩下的这半个暑假他去了世界之窗，去了香港，去了广州，家里的冰箱也有了喝不完的可乐。由父母陪着，头一次小墨感受到了假期和父母度过是多么幸福，父母为了弥补多年没和小墨一起过暑假的遗憾，只要是逛商场小墨喜欢的玩具，他们都会买，小墨也很懂事，不会乱买乱要。

更让父母感到欣慰的是，听小墨说他有了一个很好的朋友叫汤小康，他在学习成绩上帮助小墨提高了不少，所以小墨父母挑了一件有意义的礼物送给小康。礼物是小墨挑选的，是一个蓝色的最新款小学生书包，这样小康就可以在新学期来临之前，换掉那个缝缝补补的旧书包，背上新装备一起上学了，那时他一定很高兴！

小康家里没有电话，小墨在玩儿的时候也会时常在想小康此刻在做什么，或许他仍在小木屋里看书，或许他和汤爷爷一起去了青城山避暑。一天空闲的午后，小墨第一次提笔写信。

致好友汤小康：

暑假过得怎么样？我在这里挺好的，新家很漂亮，下次暑假带你一起来玩。我前几天去了世界之窗玩，里面人好多，我看到了狮身人面像、埃菲尔铁塔，坐了过山车，这里的过山车要比咱们成都游乐园的那个大多了，我整个过程都是闭着眼睛的，太吓人了！

你是在家里面看书还是和汤爷爷一起去青城山玩儿了？最近有什么好看的书先留着，等我回来一起看。

对了，泰罗奥特曼好玩么？我这次逛街的时候给你买了一个大礼物！是什么先不告诉你，等我回来马上就给你送过来。

祝你开心每一天！

你的好朋友：小墨

1994年8月12日

美好的时光总是短暂的，就要临近开学了，一方面小墨不愿那么快就离开父母，另一方面想到小康还在成都等着他一起过生日，他又急着回去。

小墨的飞机在成都降落时是一个有火烧云的傍晚，天空和当初认识小康的那个傍晚一样，阳光将整个建设路街区染成了金色。小墨回家放下行李，迫不及待地拿着要送给小康的礼物直奔五金店。他快一个月没有看到小康了，今年的夏天那么热，一定晒黑了吧？他想象着小康看到新书包的情形，一定会兴奋地瞪大眼睛高兴地跳起来，想到这儿小墨加快了步伐。

从菜市场路过就是那家五金店所在的街道了，店门已出现在小墨的视线内，远看似乎不太对劲，一个月前和小康一起画的那块牌子不见了，小墨越走近越察觉到异常，五金店门紧闭，那块牌子也被收起来了。然而平时汤耀祖晚上睡觉前才会关门，今天怎么关得那么早？敲了好一阵门，里面也没人答应。

“是不是去青城山玩了还没回来哟？”小墨自言自语，他略有些失望。记得去年爷爷说要来这里修手表，过了一会儿回来手表没修成，原因是门上贴了张纸说是去青城山避暑两日。而今天家里没人，门上也未有贴纸。

“嗯？怎么了？书包没送成？”安易儒见小墨垂头丧气地推开房门问道。

“他们都不在，可能是去青城山了吧。”小墨将书包双手放在茶几上，赶了一天的路很累了，瘫坐在沙发上。

“嗯，估计是，去年我也是这个时候手表坏了，等了两天他们才回来的。我都洗好澡了，你快去洗，早点休息，都累了。”安易儒催促着小墨，他也很困了，一回家就收拾洗漱完，刚才看到小墨兴致勃勃地拿着书包出门，本打算拦住的，不过理解小墨很久没见小康了，就随他去了。看来相遇这件事始终还是要看缘分的。

“嗯，明天我再去看看。后天就是我生日了，小康你一定要回来啊！”

年轮咖啡馆里留声机的音乐已变成了罗大佑的《光阴的故事》，这首是纯音乐的，没有唱词。李伟跟着旋律哼了起来，安越在一旁吃完了沙拉和意饺。

李伟拿出的这张照片，是当年安越给汤小康和汤耀祖在五金店门口拍的合照。

“后来呢？”李伟晃了晃酒瓶，一整瓶拉菲喝完了，他站起身又从酒柜里拿出一瓶同样的。

安越朝那瓶新酒看了一眼，从抚琴小区的那只暹罗猫，到偶遇空无一人的银杏树院子，接着闯入了这间咖啡馆，最后李伟喊出他的小名。此刻，安越已经适应了各种惊奇，任人摆布般将自己的空酒杯递了过去。

“我回成都的那天晚上睡着后，做了个梦，梦到小康了。他说他读到了我的信，很喜欢那个书包，他还说要去很远的地方，再也不回来了，让我好好替他背这个书包上学。我记得我在梦里哭了，问他为什么突然要走，至少见最后一面留个地址寄信也行，可他在梦里站在我们一起打过架的巷子口转身越走越远，我怎么追都追不上。醒来以后我发现是真的哭了，泪水早已将枕巾打湿。”安越喝了一口酒，他醉得不轻，完全沉浸在那段回忆里，“开学前，我度日如年地等他爷孙俩回来，每天一大早去敲一次门，中午吃完饭去敲一次门，晚饭吃完再去敲一次门。可是，从此以后我再也没有见到小康。开学那天去他的班级打听，他的班主任给同学们说，汤小康转学和爷爷去了外地，班上同学本来就对他不熟，所以渐渐就忘了这个人。长大后，偶尔回忆这段往事时甚至会怀疑，汤小康是不是真的存在过，相识半年成了好兄弟，然后又突然消失得无影无踪。连他的爷爷我也从此没见过了。自从小康不辞而别后，我不让任何人叫我小墨，包括我爷爷和父母。这件事一直留在我心底，多年过去了从未向人提起过。”

这时，李伟从留声机下的柜子里抽出了一块正方形木板，尺寸同大半个餐桌一样。这块木板上的图案经过岁月的洗礼颜色已变得暗淡，可还是能清楚辨出上面画着汤锅、钥匙、锁和手表。这块木板，就是20年前安越和汤小康一起画的那块——汤耀祖五金店的招牌。

安越一见这块招牌立刻瞠目结舌，无数的思绪涌上心头！他无法相信今生还有机会再一次见到它！他双手接过，轻轻抚摸着这块曾经和小康的杰作，小心翻到背后，当年稚嫩的字迹还在，“汤小康和安小墨画”。

“你到底是谁？这个你从哪儿得来的？你难道就是汤小康么？”安越的眼圈红了，几乎是要哭出来的样子看着他，渴望得到最后的答案。

“我不是汤小康，我是李伟，仅仅是这家年轮咖啡馆的主人。”他走到吧台里，从柜子里取出一个玻璃茶杯，拿出红茶包放入，掺好热水递给了安越让他醒一下酒，“上次你来这里的时候可没喝那么多，看来每次情况都有点小变化呢。”

“上次？”安越正要将茶吹凉一些，他放下茶杯，“我这次是第一次来这里啊。”

“哦？是么？”李伟把两个红酒杯收好，交给小缪让她送到后厨清洗，“看来这酒是不能喝了，我也有些醉了。”他也泡了杯红茶。

“老板，你脸都没红，一点也不像醉了。”安越顿了顿，想起自己问老板的话还没有答案，“你到底是怎么知道汤小康这件事的？还有这东西，你是从哪儿得来的？”

“您稍等一下，我有样东西要交给你，你看了就会明白了。”李伟从放红酒的柜子里捧出了一个铁皮盒。

这个盒子的大小和安越读小学时用的文具盒相同，它的表面已生锈掉漆，依稀还能辨认出来这是90年代装大白兔奶糖的包装盒。盒子上有一层黑乎乎的东西，好像很久前被烟熏过，貌似还能闻到淡淡的焦味。

安越接过盒子，他发觉盒子里有一样较重的东西，疑惑地看了下李伟。李伟则将吧台椅挪开，坐在了另一端和安越保持着距离，他将这个空间留给了安越和小康的对话。

生锈的铁皮盖子有点紧，安越费了点劲才将其打开，它的内部放了一个装首饰的红色绣花布包和一架纸飞机。安越首先注意到的是那架纸飞机，这是建设路被金色夕阳渲染的那个傍晚出现在小墨家院里的那种纸飞机，是和小康相识时用撕下的大作业本纸折的那种纸飞机，是小康的纸飞机，它的折法独一无二。

这架纸飞机飞了二十年来到安越面前，绿色横杠的作业纸变得发黄焦脆，他的双手微微颤抖，纸飞机刚被捧起又立马轻轻放回了原位，生怕会不小心将纸张折断。他心里默念着："好久不见呀，小康。"安越目光转移到那个红色的绣花布包上，将它提起时，能感到盒子里的那份重量都集中在这儿了。

一片金叶从布包滑出掉落在桌面上，这不是窗外银杏叶的那种金，而是光彩夺目的金，它与木桌发出清脆的撞击声。

这是一块纯金，有十公分长四公分宽，外形像是一片卷曲的榕树叶，叶子中间有一个镂空的圆孔直径约食指大小。安越拿着"金叶子"掂量起来，这个重量肯定用了不少好料，卷曲的外侧光滑如镜，不存在叶子的纹理，好像这并不是一件装饰品，中间的那个食指宽的孔似乎是有用途的，他小心把玩着仔细观察揣摩。

当安越翻到叶子卷曲的内侧面时，看到了意想不到的东西，内侧底部圆孔的两侧刻着两个名字：“汤小康”和“安小墨”，他抚摸着这两个名字泪水已不由自主地滴下。这一定是汤小康刻上去的，字迹和画板上的同样稚嫩。

既然如此，那这片外形好似树叶的纯金物件，无疑是小康打造的了！安越摸到内侧竟还有个暗扣，将叶子两端捏住往不同方向使力就会从圆孔中间分成两半，两个名字也就随之分开了。

这物件到底是用来做什么的呢？安越毫无头绪地摆弄着，始终未得出答案。他眼睛无意间朝纸飞机又看了一眼，两侧机翼上似乎有一些凹凸不平的线条，应该是另一面受力压出来的。是字！安越立刻将纸飞机翻到另一面，原来，这是一封小康用铅笔写给小墨的信，写好以后将它折成了纸飞机，希望有一天能交给小墨。

纸张很脆，安越像考古学家对待刚出土的文物一样，谨慎细微地将纸飞机按照小康原先折起的痕迹一点点展开。一封跨越了两个年代的来信平放在他面前。

安小墨：

生日快乐！

看到这封信时咱们即将步入四年级的新学期了，我很高兴认识你！

我写这封信的时候你都在深圳玩了好几天了。你离开时说，要我等你回来一起过生日，吃蛋糕，我当时就在想问自己，到底送你什么生日礼物好?

最近我一个人在家里，做完作业到四点半就打开电视，看你推荐给我的《圣斗士星矢》，有一天突然有了灵感！前几天咱们俩讨论过，如果奥特曼有盔甲那肯定能战无不胜！所以我决定打造一块纯金的肩甲送给你当生日礼物，把它安在你的泰罗奥特曼身上一定很威风！

我把肩甲做成了两半，以后你收好我名字的那半，而我就留着你名字的那半，像那个艾斯奥特曼变身时一样，合在一起就可以给泰罗穿上了。这个肩甲我做了整整两天，今天晚上终于完成了，迫不及待地给你写了这封信附在礼物盒里。

愿我们的友谊地久天长!

你的好友：汤小康

1994年8月5日

对了！水碾河那儿新开了一家游戏厅，开学后你要教我玩拳皇争霸!

汤小康戴着隔热手套，他小心翼翼地将熔杯用钳子夹起，慢慢倾斜使杯里的黄金水流入模具，火星四溅在周边，凝成一颗颗金珠子。模具是一片像树叶似的形状，接下来等黄金冷却定型，就要趁热将其打成卷曲，并冷锻分开夹出暗扣。

今天汤耀祖出去采购了，小康偷偷将母亲留下的金手镯从摆放父亲遗像的桌子抽屉中拿走。他对黄金的价值丝毫没有概念，只是认为动画片里黄金圣斗士的盔甲很好看，他设计着，要给小墨做一件叹为观止的礼物！

泰罗奥特曼的肩膀尺寸前一日做模具时就已熟记在心，今日就要大功告成，想象当小墨回来时拿到穿上了黄金肩甲的奥特曼那快乐满足的表情，小康心里美滋滋地。

今年的夏天特别热，尤其是今天，小康在自己小屋旁的工作台汗流浃背地加热火炉。他看着金手镯渐渐变软，熔化成一杯炽热发光的液体，心里还是很后怕，爷爷一旦知道了肯定会好好“教育”他一番。然而他不顾这样的后果，为朋友两肋插刀是他的性格。小康用铁锤敲打，用抛光轮抛光，还到前店用爷爷的空气冲击台打孔，他将从汤耀祖身上学到的技术一一应用，发挥得淋漓尽致。

晚上，小康终于将自己还留有余温的杰作，装进原先装手镯的绣花红布袋里，并且用作业本写好了信，还将信折成了纸飞机。将这两样东西放入了一个铁皮盒内，最后还用礼物彩纸包装好。

距离小墨的生日还有段时间，小康先把礼物放进了自己小屋书桌的抽屉里锁好。

当天晚上汤小康做了个梦，他梦到和小墨一起坐在穿上了黄金肩甲的泰文奥特曼的背上越飞越高，飞得离太阳越来越近。

“好热啊，小墨，咱们叫奥特曼把我们送回去吧？”

“没事儿，我听说打完黄金圣斗士后面还要打太阳神，咱们先飞到太阳神宫殿里去看看，有奥特曼在，咱们不怕！”

小康听到“不怕”两字，牵住了小墨的手。

前方好刺眼好热，热到自己都开始融化了。

最后他看到自己和小墨、黄金肩甲还有奥特曼融化在一起，成了一个光团，飞向太阳。

汤耀祖倚靠在院门边，跪坐在地上，盯着已烧成木炭堆成三角形的小木屋，发疯一样地扇着自己的耳光。他还认定这只是一场噩梦，想用这样的方式打醒自己。

火是半夜里燃起来的，听到邻居呼喊时已经来不及救人了，好在后半夜来了一场大雨，幸好没把居民楼引燃。

空气中弥漫着潮湿的烧焦味，颗粒状的黑烟，每吸一口都会胸闷难受，这样的味道使汤耀祖回忆起当年朝鲜战场血腥的一幕幕。就在刚才，消防队员告诉他小康被抬出来了，要不要在被殡仪馆人员用布包裹前看他最后一面。他乏力地摆了摆手以示拒绝，当年在战场上无数战友被敌军空投的燃烧弹活活烧死，那种场景他看得太多，和平以后他曾认为这样的经历永远不会再出现。

而就在今天早上，他失去了唯一的亲人，他曾注入全部心血拉扯带大的汤小康。

“我们推断的结论是屋子旁边的炭炉没有熄火，半夜下大雨前刮过场大风，可能是这样吹起了火星点燃了木屑之类的其他东西，接着就把木屋给引燃了。很遗憾，节哀顺变！”消防队长沉重地对汤耀祖分析着起火原因，他双手递给汤耀祖一个被烟火熏黑的铁盒，上面紧贴着一层未烧尽的礼盒包装纸，“我们在废墟里发现了这个，应该是属于您家的。里面的东西看起来挺贵重，物归原主，请您收好。”

“汤耀祖，就是我在你翻扑克牌前提到的渡予大师，是他请我把这件事告诉你的。汤小康在做好这件黄金肩甲的当天晚上，由于小木屋失火而遇难了。小康爷爷心灰意冷，在隐瞒真相告诉学校汤小康转学后，他自己到了西城的清泉寺出家，法号渡予。”李伟叹了口气，“他说，终于可以让你了解真相了，‘我当时就在思考，如果小墨从深圳回来就得知了真相，他会不会就再也开心不起来？这样小康在天上看到也会难过的，我也会无比自责。就让那个叫安越的孩子，平安快乐地度过童年吧。’这是大师的原话。”

此刻的安越，除了流泪抽搐，已说不出一句话，他的泪水不小心滴到信纸上，自己慌乱地用袖子擦拭，擦着擦着便趴在吧台上，嚎啕大哭了起来：“20年了！你去哪里了啊？我还以为你也许已在某个地方结婚生子，过着平凡快乐的生活。20年！汤爷爷为了我，将整件事瞒了20年！敢问我安越有什么资格让你爷孙俩承受如此之苦！都怪我！这一切都是我的错！”他用拳头敲打着桌面，李伟从保温箱里拿出一块热毛巾放在碟子里递给了他。

安越用毛巾拭干了眼泪，发呆了许久。

他缓缓端起水杯喝了一口茶，呜咽地问：“李老板，清泉寺在哪里？我现在就想去看望渡予大师。”

听到这句话李伟转过身去。过了这么多年，每次安越对他说这句话时，自己还是会眼眶湿润。眼泪是他到如今为数不多的，能够使自己感到真实的东西。

李伟走到留声机前将音量关小，再回过头指了指盛热毛巾的碟子，说：“渡予大师给你写了封信，就在毛巾碟下面。”

安越翻开碟子，看到下面压了一个米黄色布袋，他将其打开抽出信纸。这是一封用毛笔写的信，需要从右到左从上到下地读。

小墨施主：

当你读到这封信时我已经和小康在天上看着你了，很抱歉过了这么久才联系你。

认识你以前小康是一个很孤单的人，由于他的身世，他不愿别人主动靠近他，平时放学回家就一个人看书写字做作业。

那时候的我最担心的就是他的成长，童年没有朋友的陪伴一定是不完整的，我最害怕他会因此变得孤僻不善于和人交际。而小墨，你的出现，让我的顾虑荡然无存，小康自从和你交上了朋友，他很快就变得开朗活泼，能够像正常孩子一样，会跑会跳会玩儿会疯了！

我欣喜地看到他的变化，这种变化我是给不了他的。只有你小墨，是你带给了他人生中最快乐的时光，是你让他快乐地成为一个普通孩子。

我由衷地感谢你，感谢你所带给他的一切！

那场火带走了小康，老天只让他在世上游玩了不到十年，那是他的命。他的死和你毫无关系。我之所以一直没有来见你，是因为一直没想好该怎样去面对你，平时睡前我都会去检查火炉是否熄灭，然而就在出事的头晚我恰恰就忘了。我这辈子到现在也无法原谅我自己那晚的失误，是我把你的好朋友弄丢了。我怕那个时候你晓得了真相会记恨我一辈子。

转交这封信的李伟施主是一位奇人，他只生活在2015年，一年过完又是重复的一年，这么算起来我已与他交往许多年了，是无话不谈的好友。

这段时间我病重，李施主问我有什么未尽的事，他可以帮我去办。我明白自己的时间不多了，在整理旧物时拿着这个铁盒久久不能放下。因为，不知是否应该找到你并把它交给你。我向李施主提起这事后，他反过来问我："如果小康知道，他会怎么做？"

哎！怪我晨钟暮鼓，安之若素了这么多年，原来一直对整件事只考虑了自己的感受，是我自私、怯懦了，对不起！

今日我将这个铁盒物归原主，它在我这里完好无损地保存了20年，希望你能继续好好保存下去。祝你能幸福快乐地生活下去，就像你的名字一样，遇到不顺的事能够平安跨越。

小康和我的墓在一起，位于青城山公墓八区五排，倚靠着一棵参天的银杏，有空的话来看看他吧，他等了二十年肯定很想念你。

渡予

2015年11月底”

安越读完将信放下，泪水再次将他的脸颊淹没。心里犹如暴风雨中的大海久久不能平息。

他双手握着“黄金肩甲”不断抚摸着刻上的两个名字。忽然他意识到什么，将刻有“汤小康”那一半的肩甲用一根绑绳将它穿起，戴在了脖子上。

安越坐起身来面对李伟，他再次读了一遍那封信，对李伟的境遇出乎意料，这间神奇莫测的咖啡馆一定装满了故事。如果李伟果真如此，以往发生的一切都能说得通了。那么……安越突然站了起来！

“快去吧！我理解你在想什么。”李伟笑着对他挥了挥手，安越连相机都没拿，红着眼冲出了门外。

“和去年一样？”一个女声从二楼传来，她扶着楼梯优雅地走下来，脚上的那双高跟黑皮短靴有节奏地在木梯上发出响声。

“有一样的也有不一样的吧，没有完全相同的两片叶子，也没有完全相同的重复人生。他上次的酒量可比这次好多了。”李伟将红酒拿出，倒了两杯新的。

“你推敲推敲，渡予大师说的他忘记检查火炉是真的么？”女人接过红酒，歪着头饱含深意地对着他，似乎揣摩到些不一样的答案。

“我也问过大师这个问题，他笑而不语。我认为，大师是要将安越得知真相后，产生的负罪感减到最轻吧。毕竟，小康的火炉在院里平时几乎不用，渡予师傅应该没有习惯，每天去检查一个长年不用的小火炉是否熄火。”酒顺着杯壁滑入李伟口中，“佛家有言‘我不下地狱，谁下地狱’，他定是为了安越以后能轻松快乐地生活下去，将全部责任都揽在了自己身上。”

“是啊！渡予大师将他的那份善良，全埋在信里了。这样安越在回忆里面对小康时，感激多于自责，快乐多于痛苦。大师和小康的在天之灵也欣慰了。”女人点点头眼里泛出星星泪光。

足足过了一个小时，安越气喘吁吁地回到年轮咖啡馆拿出一个信封，他双手递给了李伟：“如果李老板您真的能回到年初，请将这个交给小康爷爷。今天时间还早，我要去青城山看汤小康了，他等了我二十年，我一刻也等不了了。”他收拾好背包，走到门口向李老板鞠了一躬，转身离开了。

“我明白了，放心吧，交给我。嘿。我话还没说完就跑了。一年比一年急。”李伟把信封收进一个卡其色的牛皮挎包，回过身只看到空荡的门和摇摆的风铃。

“哦？你还有什么要告诉他的？要不要追回来？”女人放下酒杯望着窗外还没远去的背影，回过头又看了看李伟，他似乎并不着急。

“算了，不用了，本来说我还准备了烟花给小康喊让他拿去的。今晚正好跨年嘛，那就留下来咱们放了。”李伟指了指门口那个硕大的纸箱，他转过身对女人说，“思语，今晚无论怎样，明天无论怎样，你是懂我的。”

“我懂，离跨年的钟声还早，咱们先别那么悲伤，未来怎样，多的是变数呢！”女人拿过红酒瓶给两个杯子添上酒。

11月的阳光透过白色窗帘洒在病床上，渡予感触到一股久违的温暖，他慢慢睁开眼看到一个熟悉的轮廓，那个轮廓熟练地将病床调整到坐起形态，好让渡予看到窗外的景色，他转身又把餐台架好放上了一碗粥。

“哟，这多少天没看到太阳了呢！这个冬天来得比较晚，眼下还不算冷，看来我睡得太久了。李施主，您又来了。可是麻烦您了呢。”渡予的眼睛终于完全睁开，他确认了那个轮廓。渡予原本健康的身体在这两个月突然消瘦了很多，使他不得不住进了医院，将寺院的主持工作交给了缘沁小师父。

“没事没事，我也想来这里多陪陪您。师父您今天又睡那么久啊？”他将咸菜打开放在粥边。

“是啊，这几天老是梦到和小康还有他爸爸一起在青城山玩，玩的时间越来越长了。你看，我都睡到中午了，连早饭都省了，哈哈哈。咦，你怎么今天端了盘肉过来？”渡予看到粥边多了个盘子，装了几片白切鸡肉。他倒也不生气，只是笑了笑，好像明白李伟的意思，他这么做也不是一两次了。

“医生说吃饭的时候要补点肉类蛋白嘛，您都20年没吃过肉了，吃几片补补。就今天一点点如何？”

“不可不可，老衲知道时间不多了，到时候在佛主面前抬不起头。哈哈哈，这几片还是你打包回去吧。”

李伟奈何不了他，将肉收起。他清楚，今晚渡予大师就要圆寂了，心情沉重万分——每年这个时候都要送您一程，每年年初又要重新认识您。如此反复地轮回，李伟习惯了渡予的离开和“重生”。这么多年，他一直在尽力去弥补遇到的那些遗憾故事。

按照前几次一样，他将安越给他的信封默默放在了餐台上。

“这是什么？”渡予刚用完餐，看到面前的信封难以置信，他问李伟。

“还记得昨天大师给我的那封信和铁皮盒吗？”李伟从衣架上拿起了外套。

“这个？岂非是？”渡予似乎预感到了什么，他布满皱纹的双手微颤将信封捧起，犹豫着是否要打开。这是一个穿越了时间的信封，是由安越拜托李伟交给渡予的。

他未曾料到会有回信，而且就在第二天收到了。也好，20年来的心病了却后，也终于要面对这个多年未见的安小墨了。

“是啊，我藏了快一年了，每次等到您给我信和盒子后我才交给您。您告诉过我，有些事情不需要改变，所以现在给您，恰好合适。”李伟说完话就和渡予道别，走出了病房，最后的时间就留给您好好独处吧。

渡予打开信封，滑出了一摞照片，那是安越到小康家采访那晚所拍下来的所有照片：放着饭桌的客厅、小康爸爸的祭台、五金店的杂货间、后院的小木屋，还有一张是爷孙俩在五金店门口合影的原片。

汤耀祖将它们一张张铺满餐台，如数家珍般地抚摸着它们……

清泉寺

林思语最近很困惑，有个男人已经和她暧昧了两个多月了，却始终未与她确立恋爱关系。他忽冷忽热，忽近忽远，而且行踪不定。林思语从来就不喜欢搞暧昧，如果不是因为在一起时真的非常快乐，她早就将这段关系结束了。

思语是个保守的女人，然而那个男人比她还保守：那天在339电视塔顶欣赏着全城夜景时两人不经意间双目对视，含情脉脉，在那刻思语完全做好了接吻的准备，哪知那男人脸一红，装作什么都不懂，竟然扭过头继续看风景！

21世纪第一个10年都过了半了，居然还会有这种人？！

“李伟！今晚你给我出来，我要把咱俩的事说清楚！”思语熬了这么久，已忍无可忍了，在考虑后打通电话对那个男人吼了一顿。她不愿意再这样无止境地掰扯下去，毕竟自己是个干净利落的人。

“我……我今天在外地出差要很晚才回来，明晚如何？我一定给你满意的答复。”李伟面对这突如其来的通牒有点意外，前几年可不是这样的剧情。原来，度过的每一年都会稍有不同呢。他唐突地撒了个谎，希望能拖一拖，需要好好斟酌这次该如何应对。

西城有条不起眼的巷子，走进去有一面是青砖墙，上面爬满青藤，诉说着这墙已饱经风霜许多年了。顺着墙再走十来米是一扇双开的红色木门大约有三米高，由于许久未刷新漆，颜色已渐渐褪去，门口的石墩也破败不堪，不仅布满了青苔且还断了一截。木门白天是开着的，上面还挂着个斑驳的木门匾，写着“清泉寺”。

这里的香火旺度远不及城里其他两座寺庙，看样子只能勉强维持生计。由于寺庙入口过于拘谨，甚至住在周边的许多老邻居都不太会记得这儿还有座寺庙，大家平日里路过此门也就几步路的事，自然很容易就忽略了。

如果不是李老太相告，李伟在电子地图上也无法找到此处，他之所以会来这儿是因为听李老太说这座寺庙的住持很擅长化解忧愁，是位平易近人的老者，住持大师不会滔滔不绝地对你讲述那些人尽皆知的佛法大道理，而是善于体会别人引导出自己的想法。

李伟这样的境遇几乎成了一种魔咒，缠绕并消耗着他，自己却无力回天，被动承受着。每次轮回开头，当睁开眼看到天花板，心里都会不由得凄凉和悲愤，无处宣泄。既然科学理论无法解释，他试着寻找一些能够慰藉自己的智慧。

李老太说这所庙的住持法号渡予，90年代曾在建设路片区开过五金店，很不幸的是在一个夏天家破人亡，后来遁入空门，了断了一切凡尘往事。“听您这么说，渡予大师也是个可怜的人呢。”李伟听闻后叹息一声。

他在寺庙青砖的围墙外朝寺门漫步走着，思考着稍会儿和渡予师傅初次见面该如何搭话。即使小时候和家里人逢年过节都要去寺庙烧香，但自己一直以来还未曾与僧人们说过一句话，李伟心中不免紧张。

寺门开着，从里面飘出来一阵淡淡的若有若无的香火味，看来这里还是会有人经常来点上一炷香期盼着什么。无论在这寺里许愿灵不灵验，只要是怀着希望，插上香火的那刻都会给自己增加一份向往美好的信念。

李伟轻轻抬起左脚跨过门槛步入寺内。昨夜下过一场春雨，空气中透着微凉的水汽，最近气温逐渐暖和，树枝末梢也长出了一些嫩叶，寺庙院内一尘不染，连屋顶都不曾寻见一片落叶。隐约能听到大殿内传出用磁带机播放的《大悲咒》，一束阳光从天井直射到院内殿前的香炉上，青烟在光柱中漂浮直上如画一般宁静。步入寺门顷刻间即与外面车水马龙的市井喧嚣隔开，寺院内仿如桃源。

瓦房的屋檐下竟然悬挂着一排燕窝，李伟抬头看到时不由惊叹，上次看到燕窝自己还在读小学呢！那时候他还住在爷爷奶奶家的老房子里，随着自己渐渐长大，不知从何时起，这些燕窝就看不到了，搬了新家后，李伟也不曾想起。

怀旧的事物只有在同样怀旧的地方才会被唤醒。

“再过不到半个月它们就要回来了。”一位老者的声音从李伟身后传出，“这燕窝建在此处有二十年了。正好是我来这里出家的第一年，它们也在这儿定居下来了，时间还真是一晃眼啊！”

“哦？是么？二十年可是很长了。成都的冬天冷，虽然地处南方，然而每到过冬，候鸟们也不会在这里多待一天。燕子建了巢以后每年都会带小燕子来这里，小燕子长大后就会在旁边筑一个新巢，这么多年了，这里住的一大家子也有好几代了吧。”李伟转身，一位穿着藏青色僧袍的白眉僧人站在他身后。僧人体态偏瘦，杵着一根法杖，如果不仔细看到这法杖顶上有一个铁圈装饰还以为就是一根普通的木棍。李伟弯腰示意问道，“您就是渡予大师吧？”

“阿弥陀佛，大师不敢当，渡予正是贫僧的法号。”僧人也向李伟鞠了一躬。

正当李伟不知要和大师从何聊起时，大师先开口了。“贫僧猜度，施主也是听人指引前来的吧？”

“的确是，我是听建设路新村的有个姓李的老太太建议我来这边找您化解一下心中的疑虑。”

“哈哈哈！”僧人听闻大笑，“果然是你！她一大早来这里上了炷香，说今天有个叫李伟的小伙子要来找我。”渡予指了指香坛里那炷还未燃尽的香。

“是吗，她这么早就已经过来一趟了？”李伟感叹，李老太家在建设路，离此地略远，公交车来回一趟不容易。

“她经常来，也经常带许多人来这里，让我给他们算算命，帮物件开开光这些。我一般只收一些开光的费用，算命不收费。算准了是机缘巧合，算错了是缘分未到，哈哈哈。”渡予请李伟到大殿内就座，李伟发现他的腿一瘸一拐，仔细一看原来右腿装的是假肢。听他声音爽朗，应该是个豁达的人，到了这个年纪又经历过不幸，都会悟出点什么人生道理吧。

李伟看到大殿内一面墙有一整排的灭火器，这所全木结构的房子在防火上绝不能有半点差池。大殿供奉着释迦罗尼像是全木雕的，坐佛，高度有四五米，雕工精致、惟妙惟肖，肯定是百年前能工巧匠的手艺。其他的布局不太像是严谨的寺庙布局，佛像一侧有一张矮桌两个蒲团。

渡予进门后就将假肢卸下，盘腿坐在了一个蒲团上。果然是个豁达的人，完全不介意别人看到他身体残疾，他示意李伟在另一个蒲团上就坐。

“这佛像都快二百多年历史了，‘文革’那会儿为了保存下来，前任住持沐安大师将他套上了毛主席的像！保护他很不容易啊！缘沁哪，麻烦泡两碗茶来。”渡予向大殿后门的内院招呼了一声。

“是，师父，请稍等。”缘沁是个小师父，看起来二十出头，皮肤白嫩面相温婉，他端出两碗菊花茶摆在矮桌上，便起身退下了。

“请问李施主有何困扰之事？”

李伟将茶端起，他还在纠结着该如何开头，菊花茶先已入口，清香的花味在口中绽放，很久都没感受到如此清新脱俗的滋味了。从第一年轮回的首次喝酒，李伟就发觉自己根本尝不到酒精的味道，无论怎样高浓度的酒都千杯不倒，对他来说这种液体和凉白开没什么区别。其他的味觉也似乎在渐渐变淡，吃东西经常要加点盐才行。一般情况下，他只能尝到本味。

“嗯，有个人，你确定你们认识以后会很快乐，会相爱在一起，可是你也晓得会分开。而且分开并不是两个人自身的原因，是会发生不可抗拒的事情。我深爱着她，但我已不知道还能不能和她重新在一起。”李伟放下茶碗，发觉说出了这样一段听上去毫无逻辑的话，好像根本没有意义，自己表达上无能为力，只好摇摇头看着渡予。

此刻，坐在渡予面前的李伟，已在2015年里反复轮回了五六年。昨晚接到林思语的电话直到现在，他仍不知该如何给出“满意的答复”。感情升温得太快，而他又怕再一次有始无终。方才对渡予说出的那段话也说明了此刻心里的不安定。

“李施主，老衲未听明白。为何相爱在一起了，又能肯定以后一定会分开？”渡予反复琢磨着李伟的话，端起了茶碗，轻轻抿了一口茶，“如果您所说的是百年以后的分别，那么只需珍惜当下便可啊。如果不是，莫非李施主还另有苦衷？”

“大师，您相信超自然的现象，比如类似于神迹吗？”李伟思来想去，还不如就此开门见山了，他信也好不信也罢。

渡予端起茶碗到嘴边又停顿了一下放回桌上，良久，他回答道：“贫僧也曾见到过一些稀奇的事，就发生在自己身上的。李施主您不必过虑，但说无妨就行。”

“我是一个在2015年生活了五六年的人，也就是反复地在过2015年，我无法预料这样的生活还要过多久。一旦过了12月31

日晚上12点，就会又回到2015年1月1日的早上10∶30。反复经历着同样的事，起初，我还以为这样的轮回只有一次，首次的轮回里我救了我的同事，搞翻了一个贪污团伙，让我那个同事免死于非命。另外还重新找到了所爱的人，幸福地在一起。我还记得今年的几场足球比赛结果，提前买了彩票，果真还赚了点小钱。后来还辞退了工作，去了许多地方旅游。当首次轮回来到12月31日时候，我回首这一年的日子，过得完美无憾。”李伟本以为渡予会打断他，或做出一些不信任的举动，可他抬头见大师在认真地听着，便继续说下去，“那晚12点的倒计时，我和女友牵着手在春熙路广场等待2016的到来。可最后几秒突如其来眼前一黑，就昏了过去，什么声音都听不到了。醒来时一看手机上的时间又是2015年1月1日上午10点30分，当时内心濒临崩溃，无所事事地待了好几天，接下来的第几次轮回过得没什么差别。这几年里我发现了自己不会生病，只要记下了彩票头奖的号码就会变得很富有，然而一年到头全都得重新来过。事到如今，我几乎失去了对未来的希望。曾几何时，我也是一个对生活充满信心，有美好向往的人。而如今，已对什么事都不太感兴趣了。总之，很疲惫。”他说完话仰身看了一眼大殿内的佛像，这尊佛像的眼睛从任何角度看都像是在注视着你，佛主似乎也在听你的诉说。

李伟继续道：“对了，还有一次，我一个人疲劳驾驶，车子直接从高速路的桥上飞了出去，醒来后居然还是回到了2015年1月1日上午10点30分！我猜想当时自己可能是车祸死了。又重新开始这一年的轮回，这种境遇就和电脑游戏一样，不断地给你重启而且只能在设计好的范围内待着，像是被罩在了一处穹顶下，逃也逃不掉。”

渡予大师心中略微有所顾虑，他好像在努力消化着李伟说出的这一长串话，眼神惊讶地闪烁了几下，好在始终归于了平静。渡予吮了一口茶轻轻咽下。“果真如此的话，您可真是一位奇人啊！贫僧能够体会到您的苦楚了：对您来说，无论什么事，今年做得有多么好，到头来始终是如梦一般地惊醒。所以，您不敢再去认识那个所爱的人，是因为每当到了最幸福、最温暖的时候，会突然连告别的机会都没有就离开了。老衲臆测得可对？”

“确实如此，而每到了新的一年自己又放不下她，又想去接近她。而每一次接近她，彼此又能顺理成章地在一起，连做普通朋友的过程都跳过了。彼此互相吸引，命中注定。对于这一切，我情不自禁。”李伟一声叹息。

“所以，今年也是如此？”渡予明白了李伟的来意，但他在短时间内似乎也找不到合适的建议。他的手默默地盘着佛珠，心里泛起一件似曾相识的往事，在男女私情面前，渡予还没怎么正面面对过，二十年前出家除了那场火灾还另有隐情，使他在剃度前夜痛哭流泪，那事到后来也终于放下了。

“是啊，我们约定在今晚谈话，我能体会到她的心情很不解，也很郁闷。这段时间我试着以朋友的方式和她相处，最后两个人就是相爱了，挡都挡不住。然而我到现在还拘禁着自己的感情，刻意与她保持了距离。我把时间拖到了今晚，但是到目前还不知如何向她开口。”

“原来如此，李施主是在困惑是否应该放下吧？”

李伟点点头又摇摇头。“以往的轮回里我都是抱有侥幸心理的，抱着赌徒心态，在下一次跨年夜就能和她一起迎接2016，因此怀揣着这样的赌注每年都选择和她在一起，却一次又一次承受着失去她的痛苦。就在‘去年’我年底向她求婚成功甚至一起度过了蜜月，来到跨年夜又一如既往地昏了过去，那天早上我醒来时看到左手无名指留下的戒痕，再一次悲痛欲绝。另外，我也根本不知道每当我回到原点之后，留下的她会发生什么。在每个我到不了的2016年，她是否也找不到我，在某处伤心？”

“李施主这样的境况来寻求贫僧的建议，可把贫僧难住了，从未遇到过如此情况，容我好生想想该如何看待吧。”渡予起身戴上假肢，撑起法杖，“李施主初次来寒寺，就让贫僧带您四处看看吧。”其实，当李伟进到寺内那刻，渡予便注意到他了，这个戴金属圆框眼镜，长相斯文的年轻人，言行举止里透着不该在他这个年纪有的内敛和老成。方才在燕窝下，当得知这些燕窝有二十年的历史后，换作其他年轻人都会表现出好奇和惊叹，而李伟却不一样，他淡定自如，二十年对于他来说或许仅仅是个数字而已。

对于从未接触过的人，李伟也能处置若然，心平气和地与之交流。渡予发现，他没有半点拘谨。人之所以拘谨，是因为对于不了解和不熟悉的人和事都会有所防御，有这样的心态也是为了保护自己。而眼前的这个年轻人成熟稳重却无半点防范，能开门见山地告知来找渡予的原因，所以从其进门到在蒲团上坐下，渡予就隐约感觉其绝非常人。

李伟的境遇十之八九的人听闻后无法相信，所幸渡予也与常人不同，由于自己也经历过稀奇古怪的事，使他对李伟的故事没产生丝毫怀疑。

两人刚起身走到院子里的天井下就见缘沁小师父从起居房出来，他拿着手机出了寺门，马上又回来了，手上多了个快递包裹，他走到渡予耳边小声对渡予念叨了几句，渡予哈哈笑了几声。“阿弥陀佛，去吧去吧，都换了吧。”

李伟在香台一旁看见那束李老太点的香冒出了最后一缕青烟。他趁渡予和缘沁说话的工夫也从一旁的桌子上取了三根香靠近油灯点燃，面朝大殿鞠了三躬，双手插在香台上。在这里闭上眼，仿佛身处深山般无比宁静。

不一会儿，缘沁小师父从大殿内出来，双手捧着一把竹签，那是算命用的签子。他将它们用油灯点燃扔进了香炉中，眼神透露着些许不安看着渡予，渡予似乎明白了他的担心。“没关系的，这事儿我会向佛主禀明，求其宽恕的。”整件事看在李伟眼里，让他有些匪夷所思。

“哈哈，李施主莫怪。我前几天订了新的算命签，快递刚收到了，所以就把旧的签子让缘沁给烧了。”渡予看出了李伟的疑惑，转身回应道。

“哦？是老旧的竹签生霉了吗？”他盯着香炉中闪烁的火光。

“不是坏了，是不好，人抽到下签或者下下签时心情都会不好，生出各种怀疑和悲伤。他们其中一些人就会不停地来询问我，问我这签的真假与否，问我今后命运如何，前途是好是坏。我不太会算这些，大多数签的注解也只是只字片语，涵盖不了太多信息。怕那些抽到下下签的人从此闷闷不乐，所以我就把这些算命签子全都换成了‘上上签’，但凡抽到上上签的人一般都会暗自幸喜，很少炫耀，也很少再找我解答。这样人家高兴，我也省事儿！”渡予拿起缘沁刚装好新签的签筒，双手握住上下摇了摇，一根‘上上签’便冒出来了，他满意地点点头，吩咐缘沁将其放在原先的位置。

渡予回过头向李伟继续说道：“如今世间，问命理的人越来越多，问道理的却越来越少。曾几何时，贫僧也在苦恼不公的命运中无法自拔，认为自己在世上活着，除了承受一次次不可反抗的痛苦外别无他意。那时候贫僧悲痛欲绝，失去了任何方向，只求早日入土为安。后来有幸遁入空门，这么多年过去，也慢慢开悟了。我师父沐安大师当年收留我时，见我可怜，故法号取名‘渡予’，佛渡有缘人，他希望我在这里内心能得到安宁。我花了很长时间从悲痛中走出来，沐安师父圆寂后我当了住持。人生常有不如意，与其在过去的不幸与遗憾中无法自拔，不如从其中走出来，晓知其理后也能付之一笑，坦然面对。所以我一般给别人算命不会告知他结果会如何，而是问他自己打算去怎样做。”

听了渡予的一番话李伟陷入沉思。“我很纠结要不要将实话告知思语，我从未将自己的遭遇给大师以外的人讲过，不知会有什么后果。大师的看法如何？”

“既然施主已有了主意，何必再让贫僧给出看法呢？如果两人彼此能相爱至深，那信任也是至深的。施主心里，其实已有了答案。阿弥陀佛！”渡予大师撑着法杖，弯腰予礼。

“那么多谢大师指点，我了解自己该怎么做了！”

“不必谢，贫僧什么都没做。”

开春季节入夜后，免不了会有倒春寒，天色渐暗便稀稀拉拉的下起了雨，气温随之变得寒冷刺骨，貌似又回到了冬天。

成都的初春就是这样，忽冷忽热让人在穿衣搭配上不知所措。

老城区的某条巷子里有一家四合院火锅，门口有两排红灯笼在巷子深处招揽生意。热气腾腾的火锅烟雾笼罩了整条巷子，使其充满了麻辣鲜香的温暖气息，让寒夜里的人下班后不由自主地向那两排灯笼靠拢。

在远处的高层办公楼里，林思语望着那团云雾缭绕的火锅店，仿佛在雨雾中冒着世外桃源般的仙气，那里是她和李伟第一次见面的地方。今晚李伟把见面地点约在这里，她有些忐忑不安，难道是为了有始有终，不能在一起了吗？

天色渐暗，办公楼外慢慢看不清，玻璃幕墙变成了一面漆黑的镜子。林思语叹了口气，她已经和镜子里的自己呆呆地对视了许久，手上端着的咖啡早就凉透了。她转身回到了办公桌前，拿上今天节目的稿子走进广播间。

思语是电台的主持人，主持一档黄金时间的网络热点评论，内容题材丰富所以对主持人的知识面要求很高，平时的她需要看很多书来拓展自己的深度。认识李伟后，思语佩服他的知识面竟然如此广博，肯定是读过了不少书的人。两个人打电话经常一聊就是两三个小时，直到真的困了累了，才依依不舍地挂断。她已喜欢上了李伟，一直在等李伟的表白，然而屡屡几次都事与愿违。

她拿起稿子又重温了一遍，今天的话题相当应景。“暧昧时间多长双方才能步入正轨”，思语极不情愿地拉过话筒，清了清嗓子调整好状态。好在还有个男主持搭档，今天的节目就靠旁边的阿哲带节奏了，自己随声附和就好，她认为这个话题自己不具有发言权。

火锅的红汤沸腾翻滚，浓烈的红油包裹着辣椒与花椒的香味混杂在一起，滚滚白烟迎面扑来，勾引着所有人的嗅觉，让人按捺不住，想马上享用眼前的美食。李伟关小了火，让红汤微开，他暂时还没有动筷子，最近自己的味觉又减弱了，上次吃火锅，特辣汤里涮出来的腰片还要沾干海椒碟，这样才勉强够味。许多来成都的旅游者其实并不能分清遍地开花的火锅店哪里不同，其实很简单，越好的火锅越久煮不苦，它能将其锅底的味道煮进食材里并衬托出食物本身的鲜味，不会喧宾夺主而又能相得益彰。

红汤亲和地冒着泡，李伟今晚点的是微辣，端上来后还自己用筷子挑了一些辣椒起来，因为林思语是播音员，不能吃太辣的火锅，他面对着电台大楼坐着，等着30楼的灯光熄灭就说明她下班了。

李伟倒了一杯啤酒，独自喝了起来。他在脑海中慢慢回放着从前和林思语相识的场景，就是那个隔了许多年的“零号2015年”。

零号·2015

李伟和杨怡分手后，他还是伤心了一下，对，就一下。因为这段感情自己问心无愧，整个故事就是谈了一年恋爱的女友和她的海归前男友旧情复燃，李伟被无辜淘汰，真心彻底喂了狗。遇到这样的狗血青春偶像剧套路，李伟只好将心收拾收拾，不会为此痛苦良久，幸好是在2014年底分的手。故而，虽然实际上分手也才两个多月，可由于跨了个年，这件事回忆起来就会比实际久远得多，失恋阴影早烟消云散了。

李伟平时就喜欢到处在城里寻找美食，他喜欢真实的东西，美食就是这样的事物，那种寻找和等待的期盼感，直到送入口中味蕾所带来的幸喜感，是每一个对吃有所执念的人追求的感受。

今天周六，李伟从床上睁开双眼，自己午休又不知不觉睡了一下午，他看看手机上的时间已到六点，发觉浪费了时间，有点可惜。外面天气还比较阴冷，他暂时不想起来，蜷缩在被窝里用手机刷美食博客。有一家四合院火锅店的广告引起了他的注意，这家火锅店在离他家不远的老城里，由民国年间的四合院改建。李伟翻到评论区，看到有许多网友也在上面留言推荐了，味道应该很正。

李伟在浏览了一波食客分享的火锅图片后，确实体会到饿了。此时正好是饭点，临时约朋友怕是来不及了。自己还从未独自吃过火锅，今天就去试试。他曾经看到网上有个《孤独指数排行榜》，其中“一个人去吃火锅”高排在前几名，决定闯一闯，于是背上单肩包出了门。

看起来这家四合院火锅店已人尽皆知了，李伟来到店门口，发现早已坐了一片人在排队等餐，听着前台服务员喊着号，他走到排号机前问：“大概要排多久？”

“你们几个人？”服务员头也不抬将屏幕切换到输入人数的那一页，等着李伟报数字。

“就我一个人。”李伟环顾四周，认为这没啥不好意思的。

“啊？只有你一个人？”服务员将号码卡递给他，抬起头看了他一眼。李伟感觉这眼神不对，诧异之余还有同情。这才注意到店门口有一张巨大的海报，写着“情人节特惠——两人同行全场五折！”

原来如此，今天竟然是情人节！这个单身族最好在家里睡觉的节日，他后悔莫及，为什么不一觉从下午睡到深夜？

巷子里还窜动着几个卖玫瑰花的小孩，身上脏兮兮的，往那些坐着排队的情侣身上靠，强迫男人们买一支。有个小孩在不远处盯着李伟，观察了一会儿确定他身无旁人，那小孩便耸了耸肩翻个白眼走开了，这不妨就是单身为数不多的好处了。

既然来都来了，李伟选择在寒风中等待着用餐，快两个小时了，他是个执着的人，除了停水停电停气，除了天上掉下来的陨石正好砸中火锅店，只要是能吃到，多长时间都能等。他坐在排号席间，无视着其他排队的情侣们抱团取暖，一片片相亲相爱的画面给他带来了不小的心理刺激。

李伟玩了很长时间的手机终于没电了，为了不至于关机只好将其收起。

“你也是一个人啊？这个时候来要排很久哦！正好，那个帅哥也是一个人，他马上就排到了，你们一起还可以有五折优惠呢！”

很久以来，李伟每次回忆起这段，都对那位素未谋面的发号服务员感激不尽。

李伟听到声音，下意识地朝拿排号卡的方向看去，一个穿着粉色羽绒服，拿着卡其色手包的女子也转身看着他。她有着齐肩的栗色卷发身材高挑，是难得一见的美女，她抬起手取下耳机动作很优雅，不好意思地对李伟招招手笑了一下。李伟一见钟情，他向她点点头表示非常愿意一起用餐。这是他与林思语的第一次双目对视。

火锅店门口的邂逅，这很“成都”。

六号·2015.4.15

播完黄金档下班已经9点了，思语来到火锅店，李伟让服务员将锅底换新。两人一开始什么话都没说，各自先烫起了毛肚。李伟看得出，思语的情绪比较低沉，是不是以为自己要说出分手的决议？

“思语，和你在一起很开心，我很想和你在一起，一直在一起。”这句话李伟在以往对思语表白的时候说过，当时李伟牵着思语的手在339电视塔塔顶，用坚定不移地目光注视着她。而这回的表白李伟却少了几分底气，说完后无所适从。

思语仔细听着李伟的表白，李伟不安的表情在她看来或者是紧张引起的。思语情绪轻松了不少，原来他要说的是这个啊，暧昧了这么久，确实应该好好聊聊怎么在一起了，她埋下头，有些羞涩："其实，我和你想的一样。前天我脾气急了，不好意思啊。"

"没事没事，我理解你的心情。可我怕最后会失去你，所以一直没敢开口。"李伟放下筷子诚实地对思语说。

"哦？还没在一起过，怎么就会担心失去？你个大男人应当充满乐观才是啊！这可不是我认识的李伟，互相依靠那就是长久的爱情啊。"思域笑了笑，原来李伟真的是一个对感情非常谨慎的人。她也放下筷子面带开心地注视着李伟的眼睛，那一秒觉得，眼前这个男人竟然还挺可爱的！

"如果，我说如果，我告诉你我能看到未来，你信吗？"李伟也放下筷子和思语对视，他这次没有像前几个轮回那样重蹈覆辙，故意打破了一成不变的剧情，反复的失去已让他痛苦至深，因此这一次终于鼓起了勇气。

李伟不再侥幸，他对新年已然绝望。与其怀着患得患失的心态和林思语重新在一起，还不如这次就将自己的境遇如实告知，万一命运真的会变得不一样了呢？

白天渡予大师指点道："只要真心相爱，就会彼此相信！"那么既然彼此相信，结局会如何？李伟把这一切交给思语定夺。

“我们俩的未来吗？”思语将香油倒入碗中调好沾碟，睁大眼睛看着李伟，她以为这是在开玩笑。

“不仅仅是咱们的未来，我可以看到今年，直到2015年12月31日前，发生的一切事情。”李伟的脸色略显紧张。

李伟明白单单靠这句话是绝不可能让思语相信的，他需要找一件立竿见影的事来证明。

“你吃火锅吃热了，脑袋有点发烧吧？哈哈哈，这不就像是科幻片里面的情节吗？愚人节那天你没弄出什么整蛊的法子，今天难得突然开窍了？”思语用筷子夹起一片肥牛涮了起来，对李伟的话毫不在意。

“这个给你先拿着。”他将一张纸片递给思语，“现在是2015年的4月15日晚上的9点40分，五分钟后体育频道会直播今天体彩大乐透的开奖号码。这张纸片是我买的彩票，上面的号码我买了5注，每注头彩是700多万元。中奖的方式是32个数里随机选7个，我晓得你数学很好，能计算出这个排列组合的答案是300多万分之一。如果等会中了头彩，你肯定就会信我了吧？”他指了指大厅不远处挂着的电视机，让服务员调到了体育频道。

“哈哈哈！你果然脑子发烧了，好吧，既然你要玩，我也陪你玩会儿。等会如果没中，”思语吃完肥牛放下筷子，双手托腮想了想，“如果没中，那你这周末陪我去个地方。”

“好啊，如果我中了，奖金都是你的。到时候你可别不敢收。”李伟干了一大杯啤酒转头看向电视机，他揣测着周末思语会带他去哪里，是否她也有事藏在心里，从未告诉自己？他想起从最开始那段再加上这几次轮回的经历，思语有时候确实会欲言又止，眼神也琢磨不定，李伟看在眼里却也不好多问，他相信思语不是那种三心二意的人。

“好！说话算话！如果中了我才不会那么胆小呢！照单全收！”思语乐呵呵地，她倒要看看等会儿李伟该如何尴尬地圆场。

电视机里出现了彩票开奖直播的摇号机，画外音响起：“下面我们大家来看今天体彩大乐透第15042期的现场开奖直播，请开奖。”只见一串串数字球从透明管道里滑出，在机器大转盘里跳跃着。

“好，第一个数字出现了，是12号！”电视机里的女播报员说。

“哟，李先生运气不错嘛！猜对了第一个。哈哈！”思语对照着彩票笑道。

“第二个数字是07号。”

“哇！中了5元钱了哟，不错不错！”思语靠在板凳上调侃着，笑得合不拢嘴。大乐透有7个数字，买中其中两个就能得五元钱。

“第三个数字是24号。”

“嗯？居然也对了！”思语认真坐直了，她目不转睛地对着电视屏幕。而此时的李伟低着头，他从锅里捞出一个牛肉丸子默默地吃起来，脸上没有半点波动，他犹豫着这样做对不对，思语就要得知他的境遇了，可现在心里还在组织语言，等会中彩后该对思语说什么。牛肉丸子的口感对李伟来说如同嚼蜡，他向服务员要了加盐的干海椒碟。

“第四个数字是17号。”

到此时，彩票上的数字已买对了一半，思语脸上兴奋劲逐渐消失，表情微微凝固了。

“第五个数字是03号。”

“全中的概率是336万分之一……”她自言自语，手紧紧捏着彩票反复核对着，等待着最后的结果。

“接下来是两个特别数字：第一个特别数字是02号，第二个是11号。好了，至此第15042期的体彩大乐透的全部中奖号码为：03，07，12，17，24，02，11；下面有请公证员为本次开奖进行公正……”

时间已晚，火锅店的客人陆陆续续走了不少，变得安静下来。思语像石化的雕塑，她木讷地盯着早已切换成广告画面的电视屏幕，不敢相信这是真的。甚至还把服务员叫过来，确认这个电视是直播而不是录像。她拿着彩票转过身，用难以相信的表情面对着李伟，等待着他的回应。

“是的，你没看错，这不是在梦里。几分钟前在你手上的还只是一张没用的小纸片，此刻已是一张税后能兑3000万元的支票。”他淡定地说着每一个字，还不忘夹起一块久煮入味的午餐肉，将其在干海椒碟里打了个滚，一口吃了进去，“嗯，这才够味！这下，你相信我说的话了吧？”他的语气比较轻松，目的是让思语不必太过于惊讶。

曾经的曾经，李伟是个风趣幽默的人，正因为这样，他才在一次次的轮回中信心满满，始终秉持乐观，尽力保持最初对待身边人的态度，而岁月的轮回还是会将他乐观的信心不断摔打，因此他变得轻度抑郁。很长时间李伟都没有发自内心地和思语交流过了，眼前这样的场面反而让他轻松了许多。

每个轮回的2015年，当他看到佘泽晗平安度过并干掉了宋福正，他会高兴；当和思语在一起，他会幸福。然而同样的，跨年夜一过，友情和爱情又要重新洗牌。这么多年下来，他也有为人不知的悲情和苦楚。

不管怎样，李伟始终还是一个对未来怀着希望的人，虽然这希望看起来很小，犹如风中残烛，他还是在用双手护住不忍放弃。

“这，这个我可不敢要，这是你的钱。”思语双手小心翼翼地将彩票平铺在李伟面前，生怕掉进了锅里，“这到底是怎么回事？你是怎么做到的？”

“刚刚谁说的敢收？快收了，就当我给你的礼物。你可别说话不算话。”李伟把彩票直接拍在思语的碗边，“赶紧收了，收了我就告诉你这到底怎么回事。”

林思语绝对不是个拜金女，她只想了解这一切是怎么发生的。“好，这里太吵了，我先收下，咱们去个安静的地方，我要好好问你。”

“好，没问题。”李伟起身穿上外套，他将手递给思语，她红着脸牵上了。

“车就停这里吧，再往里走巷子就要变窄了，只能步行进去。”林思语解开副驾驶座的安全带，下了车。这里离四合院火锅店的路程很近，按照方位推断，这里应该是抚琴小区，一片80年代的老房子。老居民区夜里很安静，虽地处市中心一环路沿线，由于住的大多是老人，许多房子晚上9点后就熄灯休息了，偶尔会听见几声猫狗叫。雨停了，昏黄的路灯勉强能看清路面，以至于不会让人不小心踩到积水，下车那会儿李伟听到一阵卷帘门呼啦啦的拉拽声——麻将馆也打烊了，此时整条巷子只剩下他和思语的脚步声。

李伟好奇地观察着周围，这段路像小时候那片拆迁前城中村，疑惑着思语为何要带他来这里，她说是要找个安静的地方，会不会是这里某处藏着一家大师级别的“鬼饮食”？李伟不敢出声，紧跟着思语。印象中的前几次轮回，包括零号2015年，思语还从来没有带他来过这里。

思语来到一扇居民小区半开的铁门前，她小心将其推开，里面门卫室的保安抬头看到思语好像认识一样，高兴地朝她点了点头。李伟环顾了一下门内，看到有一面墙上绿色生锈的铁皮信箱仿佛回到了20世纪，思语牵住李伟的手往院里走。院子不大，靠着院内还未熄灯的住户灯光能辨认出院内有四棵大树，四棵古老粗壮的银杏树。在院里的一个角落，李伟发现有间一楼的屋子很特别，它的阳台改成了住户入口。

思语领着他朝那间屋子走去。原来这是一间由民宅改造成的咖啡馆，一楼阳台被改造成了进出口的楼梯，门口有个牌子，是用一块大树树干的横切面做成的，可以看到木板上一圈圈的年轮，上面写着“年轮咖啡馆”，营业时间十一点到次日凌晨一点。

“原来如此！这里居然会有一家咖啡馆！”李伟很惊讶，以前他根本没来过这里。她果然像是一本书，这几年都还没读透，这里和她到底会有什么样的故事呢。

“是啊，这间咖啡馆是我最喜欢的，很隐蔽，老板娘和我是很好的朋友，她和我妈妈一个年纪。走，咱们进去。”思语一直和李伟牵着手，开门清脆的风铃声引来了一位端庄恭敬的女服务员。

“您好，欢迎光临年轮。”女服务员向两人鞠躬，起身看到思语后做了个鬼脸。

“小缪，这是李伟。袁阿姨今天在吗？”思语向她打着招呼，一点也不拘束，看来她是这里的常客。李伟不明白为何她都未曾带自己来过这儿。

“在呢，她才上楼，正准备休息了。”女服务员像里面的天花板指了指。李伟惊呼一声，原来这老旧的居民楼里竟然打通了一二楼，店主自行加了木质楼梯。

如此一来，进入这里完全不会记起是在80年代的抚琴小区，而更像是进入了一家高级西餐厅。房间里留声机放出的钢琴乐音量恰到好处，非常适合与人聊天。李伟仔细环顾着四周，他喜欢上了这里。

“是思思吗？哎呀，你可有好几个星期没来了！”木质楼梯发出有节奏的吱呀声，下来了一位身着青花旗袍风韵犹存的中年妇女。

“袁阿姨好！我还以为您早就睡了呢。”思语开心地和她打招呼。

“哟，怎么今天你还带了个小伙子来？是你男朋友吧？你俩的小手可一直牵着呢！”袁阿姨看见李伟热情地说，“这么多年了，还从来没看到过你带男孩子来过我们店里呢！”

“哎哟，阿姨——”思语赶紧松开李伟的手，羞涩地向袁阿姨撒娇。

“好了好了，我要上楼睡了，老年人了，夜里睡得早。小缪，好好照顾他们哈！你们俩慢慢聊。”袁阿姨嘻嘻哈哈地上了楼。

“今天没什么客人，我们坐包间里。”思语打开一扇雕花玻璃的房门，里面是一桌两椅，这房间平时一定是用来给情侣享用烛光晚餐的。

“哦，好，那你想吃点些什么？”李伟这才反应过来，从下车到现在自己一句话都没说，思语带他来的这个地方确实使他很惊讶。在过往的时间里，思语既没有带他来过这儿，更没有听她提起过一个叫袁阿姨的忘年交。

“你坐就是了，这里是我的地盘，我来安排。小缪，你随便上点东西吧，不用太复杂的，不过，桂花芝士蛋糕可不能少哟！”思语将外套脱下挂在衣架上，果然是把这里当家的样子。

“好的，思思姐。”小缪转身进了后厨。

李伟坐下，喝了一口柠檬水。“上一次和你邂逅也是在那家四合院的火锅店。”

“上一次？人与人之间邂逅，不是只有一次吗？以后都叫重逢。”思语没听懂，她认为李伟说的话犯了语病。

“对你来说是邂逅，对我来说是重逢。”李伟解开外套将它挂在椅子后面，他双手相扣靠在靠背上，通过放松自己的身体来消除内心的不安。

“难道说你那天不是第一次认识我？你以前就看到过我？”思语对李伟的话疑惑不解。

“岂止是看到，在我的记忆里，我们都相爱了很多年了。”李伟低头将眼光停留在面前的水杯上，他不敢去看思语充满疑惑的眼睛。小缪进来端上了两杯红酒，一块桂花芝士蛋糕，一份培根薯条配水果沙拉。

“在我的记忆里，我可是没失忆过哟！那么到底是怎么回事？”思语将彩票拿出放在桌上，“你今天要给我一个满意的答案，包括这张彩票。不然我绝对退给你。”

“我说过了，自己能预见到今年12月31日前的所有事。这点你信了吗？”

“信！”思语脱口而出，她只想听李伟说出答案。

“思语，我是一个只活在2015年的人，重复着轮回之苦。不会老，不会死，不会生病。每当跨年钟声响起，我就会眼前一黑，醒来又是2015年元旦早上10点30分，又是在家里床上。而且，我不会喝醉，喝酒品尝不出酒精的味道，好比这杯红酒，我喝下去只会觉得是一杯不错的酸葡萄汁。而白酒喝下去只会尝到米香。”说完李伟举起红酒一饮而下。他继续说：“前几次的轮回，我几乎未曾改变和你在一起的每分每秒，我们去旅行，在海滩上看日出，在高山上看夕阳，在森林里淋雨，在田野里野炊。每时每刻我都在享受着幸福，可是当我信心满满和你牵手准备迎接新年倒计时的那刻，一阵眩晕让我回到原点。第二次重复来到了2015年，我反思着自己上次轮回的行径，想知道是什么原因让我再次这样。在第二次轮回里，我什么都没有改变，甚至明白好朋友会意外死亡，我都放弃了救他！我以为至少什么都不会改变，我们也会彼此相爱。然而，即使是这样，同样的眩晕犹如雷击一般，再次把我送回到那个时间家里的那张床。”

李伟闭上眼睛吸了长长一口气，他想不到自己竟会说得那么快，原来把秘密全部说出来花不了多长时间，最主要还是看彼此的信任。他睁开眼看到思语，她正品尝着芝士蛋糕，沉默不语，在思考如何回应李伟。刚刚在火锅店里发生的事就已经让她觉得李伟不可思议，此时他这么解释，前因后果听起来倒是合情合理。

“那这次是你的第几次轮回？”思语放下甜品勺，她低着头眼神中有丝不安。

“我把最开始那个2015年称为零号，第一次轮回为一号2015年，到今年已是第六号了。前几次轮回，我未曾向你说出过实话，我都深埋着可能会失去你的痛苦和你在一起的，每次我都心存侥幸，想着会不会有不一样的结局，会不会就此打破这个魔咒。事到如今，我几乎对未来失去了任何幻想。曾经我在轮回里中过好多次头彩，变得非常富有，我拥有过最好的汽车，在城市里最好的酒店套房住了一整年，吃过最贵的食物，周游了大半个世界。不过金钱带来的快乐是很短暂的，这些东西对我来说毕竟是不劳而获，时间长了这些花出去的金钱带给我的只剩空虚。今年元旦，当一切又回到原点时我才明白，我想要的只有未来，那个未来里只有你，奢望些的话再加上一拨快乐而又幸福的亲人及朋友。本来这次的轮回我可以不用在情人节的时候去那家火锅店，这样我就可以不认识你了。但我还是抱着希望拿号排队了，计划中只是和你做普通朋友。静静守着你就好，而如今无法控制自己再一次爱上了你。”

思语一言不发摇晃着红酒杯，酒在杯壁上忽上忽下留下一层层红色液痕，过了很长时间她终于开口：“所以，前面好几次确定关系的机会，你都故意视而不见？我就说你是怎么了，看起来李伟不是上个世纪穿越过来的人啊。”

“的确，那次在电视塔顶，我真的很想吻你，可我还没有把真相告诉你，所以当时自己还不能这样。而当下，我把所有事情都告诉你了，交给你来定夺，是否愿意接受这段几乎失去未来的爱情？”

又是一阵沉默。

“周六带你去个地方吧。在那里我会告诉你答案。”

“既然李施主将因果缘由都毫无保留地告诉了她，那么无论什么结果，施主您都应该学会接受。”渡予泡了一杯今年雅安的新茶递给李伟，茶香清爽，色泽如同碧玉，蕴含着满满春意。昨夜送林思语回家后，李伟整晚都心神不定，他不清楚会有怎样的结局在等待着他。今日一早他便来到了清泉寺，向渡予大师请教。

“无论那位女施主做出怎样的选择，你们都会是不一样的故事。不是吗？”渡予朝李伟笑笑，转身推动圆木钟杵，钟声响了三下回荡在寺院里，新的一天来了。

“大师说的话确实让我的忧虑减少了许多。的确，至少是一个新的方向。至少眼前我心里害怕失去的那种担心少了很多。至于还能不能走下去，大师您也说过，只要真心去爱，那么思语所做出的决定，无论如何都要支持。”李伟喝了一口绿茶，一夜未眠的疲惫和不安的心情，在他说出这句话后，都烟消云散了。

李伟如今领悟到，世间哪有那么多矫揉造作的爱情故事。

只要是以真心换真心，无论结果是散是聚，都是美好结局。

汽车离开成都市区往西北方向已开了六十多公里了，驶过了紫坪铺水库大桥，还在高速路上疾驰。林思语在副驾驶上眯着眼睛，昨夜是晚间节目，上车前她给车调好了导航便睡了过去，目前还没醒来。她没告诉李伟今天去的是哪儿以及去干吗，到现在还保持着神秘。

李伟按照导航的指示一路前行，在映秀下了高速后，导航指引他们停在了映秀镇的旅游停车场。这是地震以后新修的新城，一片生意盎然欣欣向荣的景象，跨过一座铁索桥就是汶川大地震遗址——漩口中学。林思语下车后拉着李伟带他经过了地震遗址，穿过马路后朝山上的遇难者公墓走去。

好奇心驱使着李伟使他边走边想，以往思语从未带他来过这里，是否因为往次轮回中两人认识时间短，思语还没准备好要将这里的故事告诉自己？

每个人心里在谈恋爱时都会有个亲密程度，每超过一定的亲密度就会将自己的一部分秘密和生活分享给对方。李伟猜测思语今天带他来这里，都是因为在前几天自己倾囊相告后，她也确定是时候要把那部分隐藏在心底的秘密告诉他了。

遇难者公墓，这是一片无墓碑的公墓，当年这里在那段残酷悲壮的震后救灾过程中，由于天气渐渐变热，为了防止次生灾害加剧，遇难者的遗体通常都是就地掩埋。他们留下的只有编号，连名字都找不到了。地震带沿线就有了一个个大大小小的遇难者公墓，失去亲人的人，由于不知道其埋葬的具体位置，只能在隔离栏外进行祭奠。

思语站在隔离栏外，面朝公墓，双手合十，祈祷了好一阵。她放下手转身面向李伟，李伟发现她眼眶湿润了。

“还记得前几天我带你去的那家年轮咖啡馆吗？那个穿旗袍打扮得很漂亮的袁阿姨？”思语牵起李伟的手问道，他点点头。

“袁阿姨的独子就埋在这一片公墓的某处，他叫沈旭，七年前的这个季节我们正好恋爱一周年。那时候他快硕士毕业了，来镇里一所中学支教三个月，教英语。地震来的时候他正好在上课，为了保护学生安全撤离，他站在门口护住教室的门框。当最后一个同学离开教学楼后，楼塌了，他没能跑出来。如果他那时候活下来了，他就会带着我在5月20日那天见他的父母商量结婚的事。地震发生后，我被电台阴错阳差地派到这里来进行抗震救灾的采访报道。当时我并不知道他遇难了，连最后一面的遗体都没见到，我至今都不敢回忆当时的我是怎么熬过来的。后来我找到了他的父母，沈叔叔和袁阿姨，以新闻记者的身份接近他们，开导他们，我没透露给他们沈旭和我的关系，怕他们因此徒增悲伤。我每隔不久就会去袁阿姨的那家咖啡馆陪她打扫房间，一起吃饭，时间长了我俩关系很好，她待我就像女儿一样，就这样一直到现在，已经7年了。科学家说，人全身所有的细胞更新一次的时间大约是7年，所以无论怎样的悲痛，7年过后都会渐渐抚平。我还好，是在5年以后慢慢把这段往事放下来的。之前的那些日子，我过的其实挺抑郁的。”

思语牵着李伟的手一路走到山下，她边走边说李伟听得认真仔细。他回忆着这么多年轮回的恋爱，几乎都是热恋期，思语也很少有过不开心，只是他察觉到思语偶尔会发呆，发呆的时候眼神会游走一下。原来，思语还有这样一段鲜为人知的过去，这也让李伟感慨万分。认识他以前，思语竟度过了一段痛不欲生的日子。

“在地震发生前，我是一个活泼好动的女孩，性格开朗，亲和力强。老师和同学都认为我毕业以后一定会去电台主持娱乐类的节目，而电台进是进了，至今我做了近6年的新闻评论节目，节目风格严肃呆板。去年年初，才开始慢慢找回从前的自己，来到2015年我很幸运，在情人节遇见了你。那天播完栏目下班，同事们结婚的都回家陪家人了，恋爱的都去约会了，只剩我一个人而且还没吃晚饭。当我下楼前看到楼下不远处的那家火锅店时，突然确信，我此刻、立即、一定要去那里吃火锅！于是就只身一人到了门口，结果就遇见了你。”

两个人牵着手走下山坡，街对面就是新修的纪念广场，有许多当地经历过地震重新振作起来做餐饮生意的小商贩，李伟在那里买了一份狼牙土豆递给思语。

“你果然懂得我喜欢吃这个！还多加了份折耳根碎！”思语嘴馋地挑起一根放入口中，他们一起在江边的长椅上坐下。

春分的岷江天气转暖，上游雪山的积雪逐渐消融，江水有着翡翠一般的颜色。谁曾料到如此美丽的小镇七年前经历了一场浩劫，改变了许多人的命运。

“我那天是到了火锅店门口才被提醒到当天是情人节的！当时本来想打退堂鼓回家点外卖的，最后还是坚持排队了！”李伟拧开矿泉水抿了一口。

“我从未和陌生人一起吃过饭，那时回过头看到你，居然第一眼我就产生了好感。加上正巧是情人节，这一定就是传说中的邂逅吧！”思语吃着小吃，脸上泛起红晕，她放下碗轻声对李伟说，“还有一件事，我怕你介意一直没告诉你。情人节那天，我坐在你旁边和你一起等号时，注意到你背的是原色疯马皮的单肩挎包，沈旭的挎包也是这种材质。我那天背的是卡其色，两个颜色相近，很配。我当时就在想，这应该就是天意了吧。”

所谓喜欢，都是因人而异的。从喜欢一类人再到邂逅其中一个正好喜欢你这类人的人，这种概率很低，所以爱情才会变得弥足珍贵。好在李伟和林思语都明白这个道理。

“原来是这样啊。果然那个背包有神奇之处！”李伟豁然开朗，说道：“我在零号跨年夜是背着那个挎包从楼上意外掉下来的，在一号元旦假期时它居然在书房里出现了。我平时习惯把旅行笔记本带在身边，记录感兴趣的事。那天我打开包后看到本子还在，居然上面记录的全部零号2015年的笔记竟然没有消失！所以我照着上面记录的一些体育比赛结果，试着买了球类彩票，特别是赔率高的冷门比分，就是这样变得不食人间烟火了。第四次轮回以后，我怕我出不去了，就把每天开奖的各种彩票号码都记下了。所以现在每次轮回彩票兑换中心就是我的提款机，其实只要中了一次头彩，钱都是一年内花不完的。只是，每当我回到2015年的元旦，就不知道这些钱会不会随你们到2016了。”

“所以你那天约我在火锅店见面，就打定主意将真相毫无保留地告诉我？”

“是的，那天我从清泉寺离开后就去买了当晚开奖的大乐透。我当时真的怕把你吓到了。还好你很相信我，清泉寺的渡予大师说的没错，只要彼此相信，那么如何困难的事都能坦然面对。”李伟心里惶恐不安，他预料不到思语会做出什么样的选择。

“那时确实吓得不轻！眼睁睁地看着电视机里的数字一个个

和你那张彩票上数字对齐，而你又居然还在一旁淡定地吃着煮好的午餐肉！我那时都以为是做梦呢！对了，话说回来，这张彩票我真不能要，还是要还给你！”思语从手包里将其拿出递给李伟。

李伟瞟了一眼彩票并没接手，他转过头去，不安地问：“你还给我的意思，是在拒绝我吗？”

“不，这和感情没关系。相反，我怎么会拒绝你，我早就喜欢上你了，也要和你在一起！”听到这句话，李伟忐忑的心终于平静下来，思语继续牵紧了他的手，“我也害怕失去，害怕不辞而别，《少年派》里不是说‘最遗憾的事就是没有好好道别’吗？我能体会到你的处境，知会了你的心，既然你都从来没放弃，那我还有什么理由独自逃避呢？我们所面对的困难，仅仅是跨年夜的那场可能的‘分别’而已。这一年中如此长的时光，我们仍然能好好在一起享受。说说看，这几年你都了解我到哪里了？”

“经历了这么多轮回，这是你第一次带我来这儿，诉说你的往事。谢谢你！”李伟心里涌起的感动好似眼前激流的春水，他果真没看错思语：她是个坚定、睿智而又敢爱敢恨的女子。

“或许在你以往的轮回里，那个我和你在一起的时光太快乐了吧！所以我也不会去把这件悲伤的事告诉你，也许总有一天会告诉你的，或者是结婚的时候。”思语将头靠在李伟肩上，“这次你打破了常规，直接把你的秘密告诉了我。我想既然你和我相处了这么久，是时候将这件事告诉你了。这里我每年都会来一次，袁阿姨也经常来。沈叔叔长年在国外工作，所以平时一有空我就会去咖啡馆找她。”

“那家咖啡馆挺不错的，只是，开在那里面，平时生意想必不会太好吧？”李伟随口问了一句。确实，装修如此华丽的咖啡馆开在隐蔽的居民小区里，不是很好招揽客人。

“那家咖啡馆本来就是袁阿姨的梦想，每个懂生活的人，都梦想有一间属于自己的咖啡馆。他们夫妇感情很好，沈旭遇难后，沈叔叔为了安慰长期抑郁的袁阿姨，他将那两套房子买下装成了如今这样，袁阿姨就有了平时和朋友一起聚会的固定地方了，也将注意力放到咖啡馆上，后来心情慢慢好了起来。取名‘年轮’起初的意思是沈叔叔希望，将悲伤的事像年轮一样一层层地包裹起来，毕竟这样的悲痛只能靠时间去冲淡。至于生意好不好，他们并不在意，房子是自己的，楼上是住家楼下是咖啡店，没有租金压力。小缪是高级西餐厨师，她同时也是袁阿姨的保姆，所以这样运营起来成本不像看上去那么高。”

“原来是这样啊。我也挺喜欢那家咖啡馆的，尤其是年轮这个名字。”

“如果你真喜欢的话，可不可以用这次彩票中的钱把它买下来？”思语抬起头，用水汪汪的大眼睛对着李伟，这眼神不像是随便说出来的。

“嗯？买下来？为什么？”她突如其来的提议让李伟摸不着头脑。

“是这样的，前两个月春节假期刚过，袁阿姨就问我有没有认识的朋友，可以接手那家咖啡馆的。她年轻时候在国外留学，因此大部分朋友在国外，加上沈叔叔也长年在外面，所以他们计划搬到国外去生活，打算把咖啡馆出售。这样就能在那边开一家同样的咖啡馆了。我这几年也了解他们不少，独子不在了，他们渐渐走出阴影后一直就想离开这个伤心之地，打算着换个地方，过上新的生活。这几年攒下的积蓄只能在国外维持生活，所以我挺想帮帮他们的。”思语面向栏杆外的江水，她此刻的眼神李伟似曾相识，在前几次包括“零号2015”都出现过，原来是爱莫能助内心苦恼的显现。

思语是个很为别人着想的女人，前几次的轮回里她虽看得出李伟很富有也从未提出过这样唐突的要求，其实在那个时候只要她随便撒个谎说喜欢那家咖啡馆正好老板要卖了，她想要，李伟也会毫不犹豫地将其买下来。而事实上，她从不愿意给李伟添麻烦，把这件事自始至终的藏在心底，自己承担。

想到这里李伟一阵感动，他伸出双臂将她紧紧抱住。“咱们约袁阿姨谈谈吧，她出什么价我都接，我也有过拥有一间咖啡馆的梦想。”

思语听到这句话在他怀里使劲点了点头。“谢谢你！谢谢你！”

清泉寺最近香火很旺，因为大家来这里求的签都是上上签，抽签的人事后都还过得很顺利。渡予说，这是心境的原因，对于任何疑惑，大多数人在求签的时候都有了模糊隐约的答案，只要再加一点信心，就能遵从自己的内心坚持走下去。很多时候，答案就在我们的心里，缺了一点“上上签”的辅助。

李伟来到清泉寺，将最近和思语的故事告诉了渡予大师。

“阿弥陀佛，看来李施主果然开启了新的路途，老衲为您感到高兴。”渡予请李伟在内院就座，泡上了一碗竹叶青。

清泉寺的内院位于大雄宝殿后面，其实也是藏经阁和渡予师父起居的地方，内院不大，有两棵参天的银杏，挂上了“古树名木”的牌子。

“还是大师指点到位，其实我就缺大师这样一个能在犹豫不决的时候，一语点醒的师父。”李伟向渡予鞠了一躬，“我决定把那咖啡馆买下来，既能帮助到袁阿姨，也能和思语在一起，何乐而不为。我对金钱已失去了欲望，只是觉得，当下的境遇也赋予了我与常人不同的能力，算是老天爷给我的补偿吧，我在能力范围内能够帮助他人，心里也能感受到快乐。”

“李施主这样想，那就是有佛缘的人了。能看透小我，成就大我，能忘记悲苦，去帮助他人。老衲也很佩服您！”渡予还了一躬。

“哦，对了大师，前些日子来你这里时，我看见寺门口的石阶和柱子都破败了。我找好了一个施工队，选个良辰吉日把寺门好好修葺一番，上上新。”

“那就非常感谢李施主了！老衲可是无以为报啊！”

“以后肯定经常会来找大师聊天的，还望大师到时候像今天这样请我喝杯茶就行。哈哈哈！”

“那是一定的，寒寺的门永远为您敞开。”

“小缪，你以后还是留下来吧，我也懒得去找其他厨师了。你看店里还缺些什么，告诉我去添就行。对了，我还要给你涨涨工资！”李伟坐在吧台抚摸着黑胡桃木的桌面，从今天起年轮咖啡馆有了新老板。他仔细环顾着餐厅内部，心想前主人一定是个很有品位的人，每一个角落的细节都很完美，配色大多以原木色为主，阳光照射进来，恍惚中有种被温暖怀抱的感觉。

昨日和思语去机场送走袁阿姨后，初夏的第一场雨落下洗礼般地刷新着一切，院里四棵壮硕的银杏树长满了翠绿的嫩叶，阳光透过，整个院子像是蒙上了一层绿野仙踪般的纱帘。

“好的，那真是太感谢李总了！”

“别叫我李总，我听着怪怪的，以后叫我李哥就行了。”李伟走到酒柜前，“咦，怎么这里面一瓶酒都没有？”

“哦，酒都是卖不出去的，袁姐离开前大部分送朋友了。这家咖啡馆以前主要是袁姐居住和聚会的地方，所以基本上没什么外来的客人。”小缪有些无奈，摇摇头。

“那去买一些好点的来，比如拉菲什么的，卖不出去没关系。总要有一两瓶能镇得住店的嘛。”其实李伟也不懂红酒，只听说过拉菲是红酒界最有名的。他认为这间咖啡馆还是要试着接待点外来客，毕竟自己头一回当老板，即使缺乏经验也要把食材和酒类的档次提高些，“对了，近期还需要找网络推手宣传一下，提高一下知名度，这样才会有客人来光顾嘛！”

“李老板好！”门口风铃发出一阵清脆的响声，林思语来了，她将手提袋递给小缪，“来，这是袁阿姨寄来的牙买加蓝山咖啡豆，以后咱们的咖啡就用这个了。是她送我们的礼物，开业大吉！”

“哈哈，明天是周六，正式开业迎宾。这家店装修很好，硬件这些都不需要更换。我叫了几个当职员时期的老同事。你也喊些朋友来，开业所有东西都免费，都是熟悉的朋友，大家一起热闹热闹吧！”李伟接过咖啡豆打开像模像样地闻了闻，说实在的，他也根本不懂这行，心想着还有好多东西需要学。

“嗯，那行，我通知了几个关系很好的朋友。”思语将包放下，坐在吧台的另一边与李伟对视。

“对了，袁阿姨的飞机到达目的地了吧？”

“嗯，安全到达了，她在微信上给我说的，还说很谢谢你，帮了她大忙了，以后回国探亲一定要来这里看你。”思语开心地跷着脚，小缪从厨房出来递了杯柠檬水给她。

“那肯定，这里永远是她的家。”

一声猫叫引起了李伟的注意，他顺着声音寻去，餐厅一角还有只可爱的暹罗。

“这是我养的，我家就在三楼。它肯定是饿了，不然不会跑到这里来找我。”小缪赶紧将猫抱起，打算把它放回楼上。

“不用不用，就让它留在这里，还能吸引人气呢！我看网上说有一家咖啡馆里全是猫，年轻人都排队去喝咖啡。”李伟将猫抱过来递给思语，思语一下就变回了十几岁的小孩子，喜欢得不行。

“它叫什么名字啊？”

“杏仁。”

“真好听！杏仁，信任。”李伟伸过手去抚摸着暹罗的小脑袋，若有所思。

“李施主，您来了。欢迎欢迎！”经过这几个月与清泉寺的往来，李伟和渡予已成了忘年交。最近李伟的咖啡馆生意不错，他忙里偷闲就会来寺里找大师聊聊天。

“是啊，又来喝大师的茶了！”李伟照着惯例拿了三根香点燃后，与渡予一起坐在内院的院子里喝茶。

“李施主面带红光，定是最近喜事连连啊！”渡予眉开眼笑。

“哪里哪里，我还是最感谢大师。今年和思语感情比前几次轮回更加稳固了，彼此都很安心。咖啡馆这边也有素食主义者的套餐，大师有空的话和缘沁小师父一起，光临本店指点指点菜品。”

“哈哈哈，有空一定来！不过，老衲素来口味清淡，味觉不太灵敏，这指点可是万万不敢啊。”渡予抿了一口竹叶青，转口问道，“对了，李施主，李老太将近一个月没来寺里了。您可了解是何原因？她平时隔三岔五的，下雨天都要来一回的。起初我还以为是和家里人出门旅游去了，这个时间也太长了点吧。您有没有她的消息？”

李伟听到渡予的这个问题，端着杯子的手触电般抖了一下，热茶洒了一手，烫得他慌乱放下茶杯。好在渡予正在弯腰去拿放在地上的开水瓶，并没有注意到他紧张的举动。

李伟还不知道如何回答渡予，此刻他心里正在快速地计算着日子。“她啊，哦，是有好长时间没来了吧？她孙子张逸航是我同事，前段时间听他说好像李奶奶病了。”

“哦？病了？严重吗？”渡予赶紧放下开水瓶关切地问道。

“这个就不太清楚了，好像是住院了吧。”李伟不敢说太多，故意装作不得而知的样子打开手机，“这样，我打个电话问问张逸航具体情况。”

“好的，麻烦李施主了。帮我问问是哪个医院，我明天就去看看她。”

李伟拿出手机，将听筒音量悄悄调小，目的是为了不让渡予听见电话那头说些什么。

“喂，逸航啊？在哪里啊？”电话接通了李伟先问道。

“哟，伟子！好久不见啊，你连年终奖都不要了！竟然开年就辞了职！我到现在还没和你喝过告别酒呢！”逸航的声音从听筒里传出，李伟庆幸自己刚才调小了音量。逸航性格豁达，声音豪放，每次给他打电话都要将手机拿远一些，以防耳朵震伤，“听说你开了咖啡馆，上次你开业聚会，我在外出差没赶回来。等过两天回成都到你那里坐坐。”

“好，欢迎欢迎。对了逸航，你奶奶目前在哪家医院住院呢？”他瞄了一眼渡予，渡予正用关切的眼神看着自己耳边的手机，李伟调整好语态，尽量让这个问题问出去显得自然些。

他心里清楚，这次轮回从辞职到现在，自己这段时间根本没联系过张逸航，所以按照常理李伟不应该得知李老太生病住院这件事。

“咦，你怎么晓得？”逸航在电话那头疑惑地问道，“我给你说过了吗？”

“你工作那么忙，全国各地到处跑，肯定忘了以前告诉过我嘛！李奶奶生病严重吗？在哪个医院？”其实李伟心里一清二楚她在哪个医院，这个电话完全就是渡予突如其来的关心衍生出来的。他不仅清楚她在哪个医院，还知道她生了什么病。

渡予见李伟挂了电话马上就问：“怎么样？”

“是肝脏的问题，差不多稳定下来了，人还清醒。在市三医院，这两天接受化疗了。”李伟低下头，他能感受到此刻渡予的心情。他推断李老太和渡予一定是几十年的好友，听到“化疗”这个消息谁也接受不了，李伟已回避说出那个“癌”字，渡予一定也听懂了。

“阿弥陀佛，老衲明天就去看看她。”渡予平时始终祥和的表情不在了，他的脸变得严肃而又平静。

李伟和张逸航是中学同学，也是一直走到现在的铁哥们儿，上学那会儿由于李伟父母长期在外，每日的吃饭问题难以解决。他就和逸航的家里商量，把伙食费交给李奶奶，从此李伟一放学就到逸航家里吃晚饭。

李奶奶做得一手好菜，吃过她手艺的人都惋惜她生不逢时，要是改革开放早个十年，她定能成为川菜名馆的一把手。李奶奶早年在建设路开小卖部，到了便利店席卷大街小巷后正好退休，将铺子租了出去，每月的收入拿来供家用补贴。

中学时逸航头次请李伟到家中做客，刚进门，逸航就指着照片墙上一幅军人的照片告诉他，这个军人叫张子强，是逸航的爷爷，在抗美援朝战争中英勇牺牲了。逸航介绍他的时候显得很自豪，自己是英雄的后代。

“可是当年我爷爷这一牺牲啊，我奶奶和爸爸就惨了。我爸是家中独子，爷爷牺牲时我爸才一岁。那时候奶奶还不识字，家里一下没了经济来源，部队领导安排奶奶去刃具厂打扫卫生。不过收入很少，生活相当拮据，我爸长到十五岁就被奶奶送去当兵了，原因是小伙子那会儿长身体，家里都被吃穷了，奶奶那会儿根本养不起。因为部队上管饭，在那里想吃多少吃多少。那时候我爸刚当上兵就遇上了‘文革’，这一当就当了十几年的兵。后来文革结束，正要退伍，还被派去参加了对越自卫反击战，那时连对象都没找，九死一生。我奶奶那段时间晚上睡觉都没闭上眼，天天去绍觉寺烧香。最后我爸平安回来了，然而人都三十岁了，家里那个时候还是穷，娶不起媳妇。幸好当时有个姓汤的爷爷听说我爸退伍回来，他帮忙给咱们家盘了个铺面，让奶奶开了个小卖铺，从那时候起，家里才积少成多有了点积蓄。又过了两三年终于脱贫了，我爸直到三十四五岁才娶了我妈，后来才有了我。”逸航的身世故事李伟从高中一直听到工作。这是由于逸航每次喝醉酒，就会把自己的家史讲出来和大家分享，他的家史确实像电影里一样坎坷，让未曾听过的人都肃然起敬。第一次见到逸航父亲时李伟也很惊讶，居然是个头发花白的大伯。

几十年前的战争打破了无数家庭的正常轨迹，影响了几代人的命运。

“哇，你这是在哪里发的财哟？这么贵的酒！”逸航坐在吧台，拿起都已喝了快半瓶的拉菲瞠目结舌地问李伟。

“你这不是还没来过吗！咱俩好久不见，我肯定要好好招待你啊。这酒味道怎么样？反正我是尝不出什么区别来的。”李伟从逸航手上接过酒瓶，再次给酒杯添上。

“确实有那么点区别吧，我也说不出来，名牌这种东西它就是炒作出来的，我多半也是心理作用。我喜欢喝甜的红酒，这个拉菲还没有咱们天朝吐鲁番出产的葡萄酒甜。”逸航在转椅上跷着二郎腿，手不停晃动着酒杯，玩着挂杯，“伟子，你辞职以后有什么好项目，介绍介绍，让兄弟们也一起发发财啊！”

“也没啥，最近不是股市回暖了吗。运气好，有搞金融的亲戚指点了一下，涨得比较快。有机会我给你推荐几支，但风险你可要自己承担哟！”李伟把彩票换成了股票，他认为这两样东西没什么区别，这半年股市的大盘忽上忽下，买到好股票简直比中头彩都难。

“原来如此，怪不得辞职了，肯定比上班强多了，哈哈！”逸航拿起叉子吃了一口放在面前的恺撒沙拉，“这个沙拉不错，比外面卖的好多了，你哪里去找的鲱鱼柳？太正宗了！”

“看来你才是个真美食家！连沙拉里用的鲱鱼都能尝出来！看来我的努力还是有人懂！这个鲱鱼柳是海淘过来的，这里吃的人少，的确买不到。”李伟拍了拍逸航肩膀，佩服地说：“不愧是长期出门在外的，见多识广！”

“哎，我其实也想赶紧回来找个女朋友结婚啊。你看人家佘泽晗，今年都当爹了！我们还是同一届的毕业生，还真挺羡慕他的。”逸航放下叉子。他是蜀山公司的采购部经理，平时的主要工作就是全国各地出差到生产厂家，和生产商谈价格，降低公司主业成本。

“哎，对了，他怎么样了？上次聚会公司里就平原来了。泽晗在外地开会没来。”李伟看了眼手机上的日历，离每年泽晗的“命劫”不远了。

“他很好啊。身体健康阖家团圆，对了，你和思语什么时候结婚啊？我要准备存礼钱了！”逸航塞了一口沙拉，一脸期待地望着李伟。

“我？唉，你哪壶不开提哪壶啊！我和她还不到半年，还没讨论这事儿呢！”他赶紧转移话题，“近期我打算找个周末，带泽晗、平原，还有你去石安那边吃坨坨肉。我新买了辆越野车，就当磨合磨合，请你们去。我晚上定了时间通知你们。”

“好，一言为定！早就听说那里的坨坨肉好吃，这次一定去尝尝！”

经历了好几次的轮回，李伟对石安那边已了如指掌。每次去那边，他都带上渔网，目的是遇上那两条恶犬后将其网住，有一次成功后他们抓住了那个保安，结果他原来是宣健的表弟，宣健有一次喝醉酒，将所有计划都告诉他了。抓住了保安，整件事的谜底基本就揭开了一大半，接下来秦军那拨人被检察院整整齐齐一锅端。

李伟寻找到关键人物后，每次轮回都如法炮制，“石安水电站之劫”从此完美度过。

和逸航聊得起劲时后厨的帘子撩开了，小缪穿着便装拿着手提包从里面走出来。“李哥，咱们冰箱里的三文鱼吃完了，我去海鲜市场采购一下。”

“好，去吧。记得还是买中段的肉，好吃！”李伟朝她点了点头，小缪刚走到门口发现手机没拿，回头又进到厨房里。

“伟子，这是你家后厨？”逸航目送小缪走进帘子，回过头来小声问李伟。

李伟一下知会了他的意图，也对，一见钟情嘛！那种看到喜欢的人由内心跳动所产生的不安眼神，对于李伟来说，即刻就看懂了。小缪此时拿着手机出来了。

“对了，小缪，你怎么去那边？”

“我打车去啊。”她回过头，心想老板一直都知道，这次怎么会问。

“那正好，这是逸航，我多年的铁哥们儿，他正好要走，让他送送你。”

“对啊对啊，”逸航起身向门口走去，手在背后悄悄地给李伟竖起了大拇指，“我正好也要去海鲜市场买点东西，你们李老板请我喝了酒，也不好开车了，咱们可以一起打个车去。”

李伟望着他俩离去的背影，乐呵呵地端起只被逸航吃了两口的凯撒沙拉，享用了起来。

渡予怀着复杂的心情朝病房走去，他走得很慢，心里还在想着待会儿要怎么开口说安慰人的话。李老太躺在床上戴着氧气面罩，手上输着液，她的床位在病房靠窗的位置。渡予轻轻坐在窗边的椅子上，闭目养神，静静等待她醒来。

“哟，耀祖大哥来了啊？”过了好久，熟悉的声音传入渡予耳朵。渡予睁开眼见李老太正微微起身招呼着他。

“您躺好，还没吃饭吧？等会儿医院的饭菜我给您拿些过来。”渡予连忙起身，轻轻按住她肩膀，示意她平躺好。他看到输液管快结束了，请护士过来将它取下。

“谢谢！我可有好些日子没去寺院了，到最后你却来看我了。”李老太声音微弱，断断续续地说着话。

“你客气什么啊，哎，我没料到你一下子病得那么重。援朝呢？怎么没看他人，自己老妈病了必须一直守着才是！”渡予语气中有一丝不悦。

“他今天中午吃了午饭，铺子里突然有事就先走了，之前一直在这里。”她的手缓缓摇动，告诉渡予误会了。

“哦，那还差不多。”今天的渡予没穿寺院里的僧服，他一席深蓝色中山装，都是几十年前刚退伍的时候买的，在李老太面前又成了当年那个汤耀祖。

“耀祖大哥，我明白你想说什么，没事，我懂，人都会生老病死。你来看我我就很高兴了。这辈子，我李孝惠最该感谢的人是你，若有来生……”

“嘘——”汤耀祖轻声打断她，不让她再继续说下去，“当年张子强和我在部队的时候，情同手足，是过命的兄弟。他出事了，理应由我来照顾他的家人，我想当时牺牲的如果是我，他也会这样对我的家人。所以这都是命，应该的。”

“我知道自己日子不多了，上周让援朝把墓地的装修费给了。就在青城山的公墓，如果我先走了就替你先在那边照顾小康。”李老太伸出手拍了拍汤耀祖的手背。

“阿弥陀佛，老衲从今天起为您每天诵经祈福，但愿能早日康复。”离开病房走出来的那刻，渡予老泪纵横，这个世界他送走了太多的人，如今多年的老友也要离他而去，感到自己的心就快被掏空了。

渡予坐在吧台椅上很不习惯，他下来走到大厅，选了一张配有四角椅的餐桌坐下。小缪端了一盘热气腾腾的番茄罗勒意面放在他面前。

“大师，这是全素的意面，连奶油都没用，您试一下。”李伟特地拿了双筷子递给他。

“嗯，老衲还是头一次吃到这种味道呢，这个绿色的菜很鲜美。”渡予吃了一口，他将筷子放下，从未尝过这种味道显然不太习惯。“李施主，上次您来寒寺的时候，老衲曾询问您李老太的现况，那时不经意间竟感到施主拘谨不已。前几天我去看望了她，她的病情着实让人痛心。敢问施主，您是不是有什么事瞒着老衲？”

“大师果然心细，”李伟心头一震，当时的紧张神态还是被渡予发现了，“有件事我确实难以启齿。”

“老衲也理解李施主从未来而来，昨天李老太的情况很不好。我推度，施主定是清楚她西去的日子！万幸的是，您对老衲隐瞒了实情，所谓天机不可泄露。有些无法改变的事情就不要动它，如果您先告诉我了，我也无能为力，反而会早添悲伤。就让老衲这段时间好好为她祈福，永驻西方极乐世界吧。”

“大师所言极是，我懂了。”李伟心里的这条坎终于迈过了，起初一直困惑该怎样告诉大师这个不幸的消息，看来渡予似乎做好了心理准备。

李伟拿着一束刚买的康乃馨走进医院，粉色的花上面还喷了水珠，显得生机盎然。最近这几周逸航在外出差，他托李伟时常去看望一下李老太。

“李奶奶，这是逸航托我送给您的花，他说您最喜欢这个颜色了。”刚进门李伟就把鲜花插在花瓶中。

“哎哟，谢谢你啦，这么客气！航航他在哪儿呢？”李老太今天心情不错，高兴地在床上招呼着。

“好像昨天在重庆，今天说不定到武汉了。秋老虎的日子里，到火炉城市出差，也是辛苦啊！”他架好餐台，准备出门给李老太打饭。逸航父母连续照顾她快两个月了，今天回了家好好休息一天。

“哎哟，跑那么多地方，我都不知道他还能回来看我几次哟。”李老太撇了撇嘴，仰天长叹，眼神空洞地望着窗外的花园。

“您可别这么说，医生说您这几天状态不错，要按时吃药，稳定住了就可以出院了。”李伟把饭菜在餐台上摆好，将勺子插入稀饭中递给她。

“对哦，伟子，有件事情我还得好好感谢你呢！”她回过神来，突然笑得很开心，放下碗用手不停地戳着李伟，“航航最近打电话说他交女朋友了，还说是你给他介绍的。我这个老太婆可是谢谢你了哟！”

“啊？”李伟一愣，才一个月左右，他俩竟发展这么快！真让人欣喜万分！这也是首次将以往轮回里，始终处于单身状态的张逸航，顺利脱单了，真是值得让人兴奋的事！李伟细细回想起这段日子，确实发现小缪变化不少，比如会时常发呆，突然会傻笑，空闲时间手机绝对不会离手，种种迹象推理过来，那就肯定是恋爱的状态了。

李伟也很兴奋地附和道：“是啊，我都不清楚他们在一起了。那个女孩既漂亮又做得一手好菜，逸航和她在一起保证享福。”

他觉得自己和李老太很长时间都没如此轻松了，自从她生病以后每次来医院看望她，李伟心中都有一种挥之不去的消沉，在零号2015年，他就参加过她的葬礼，如今又离那个日子越来越近，他也找不到如何让老太太开心的法子，时常一筹莫展。这次却不一样，至少得知逸航脱单的消息，老太太就像看到了孙媳那么幸福满足。

“只要是你介绍的，肯定靠谱！奶奶相信你！”李老太端起碗喝了一口稀饭，她忽然又感伤起来，“唉，要是能看到航航结婚就好了。可惜我怕是看不到咯！”

“李奶奶您说啥呢，有希望的！您好好养病，每天开开心心的，用不了多久就能出院了，到时候还有机会抱曾孙呢！”李伟马上安慰道。

“哈哈哈，就凭你这句话，我今天要吃两碗饭！哎呀，好久都没有这么好的胃口了。”

过了几天，逸航出差回来就被李伟叫去吃烧烤。

“你小子，把我家主厨的心给挖去了也不给我说一声！”倒了三杯啤酒在逸航面前，“来，这三杯你自罚了！赶紧喝了，别说话！”

“对对对，该喝该喝！”平原在一旁附和道，“小子，上次我去伟子的咖啡馆看到过小缪，你艳福不浅啊！”顺手抓起一把五花肉，乐呵呵地监督着逸航一杯杯将酒干完，李伟也在一旁开心笑着，夹起一块沾满则耳根的包浆豆腐放入嘴里。

“谢谢伟子！你不知道，他那天真帮我大忙了，这个十几年的兄弟没白交！那天我给了你个眼神，你就懂了！”逸航心甘情愿地三杯酒下肚后自己又拿起瓶子倒了一杯满的，“这杯我敬你！”

“来来来，咱们三个一起！”平原也举起酒杯，“伟子，我也得感谢你，上次咱们四个不是去了趟石安吗，发现了那堆废铁，连坨坨肉都没吃成就回来了。后来我联系了刘茜茜，她帮了我们不少忙，我和她旧情复燃，又在一起了。托你的福啊！”

“你这是老情人终成眷属！哈哈哈。平原，你也得喝三杯！”逸航递了瓶啤酒放在他面前起哄。

“哎哎哎，你们两个少喝点，都喝醉了我可没办法一次扶两个。对了，平原，泽晗怎么没来？”李伟往碗里加了点花椒面，又夹起一块包浆豆腐沾着吃。

“他啊，最近加班写材料呢，西部建设秦军那拨人不是倒台了吗，他在给检察院写证明材料呢。”

“嗯，那就好，看来这没吃的坨坨肉换来灭了一窝苍蝇，划得来！”

李伟明白，这次的轮回和以前有很大的变化，平原和茜茜仍然在一起，逸航首次脱单了，他和思语的感情也稳步向前。莫非这就是完美的？至少眼下他很满足，对未来又抱有了一线希望。

咖啡馆的二楼是李伟的起居室和书房，这里的装修风格和楼下大不相同，清一色的中式家具，古色古香别有一番韵味。袁阿姨也是个怀旧的人，连书桌上的电话都是有线的拨盘电话，进入二楼仿佛来到了民国时代。李伟搬进来后所有的东西都保持了原样，他此刻正在旅行者笔记本上记录下最近发生的事情，思语从楼梯上来，她端了一杯美式咖啡放在李伟面前。

“小缪告诉我，她的男朋友是你的前同事？”她双手撑在书桌上和李伟面对面，装出质问的表情和他面对面做鬼脸。

“岂止是同事呢，逸航是我相处了十几年的好兄弟！很靠谱的，是个豪放豁达的人。”李伟收起本子，抿了一口咖啡，“嗯，蓝山咖啡的味道的确不一般，比外面连锁店的香多了。不过你给我的这杯稍微浓了点。”

“哎，你不是说自己的味觉每年都在变弱吗？我特地吩咐小缪加浓的。”

“我感觉到我的味觉不是简单的变淡，虽然喝白酒只能尝出谷物的味道，喝红酒也只能尝出葡萄的味道。咖啡豆经过烘烤以后，我还是能尝出它的油香味和水果味，牙买加的蓝山咖啡豆确实和其他的不一样，不酸不苦，恰到好处。”李伟将杯子放在鼻子下细细闻着。

“也就是说，事到如今你只能尝到食物的本味了？”

“哦？你这么一说，好像是这样啊！”李伟将杯子放下，认真回想着，“吃火锅我要放很多的辣椒和盐才能尝到其中的鲜味，也就是说如果不加调料的话，我尝到的味道就是这些食材本身的原味。怪不得，我就说为什么火锅涮腰片的味道那么腥！所以我现在只喜欢吃原味清淡或者鲜美的食物，连最爱的牛羊肉、河鲜、海鲜都远离了，倒是越来越喜欢吃日本料理了。”

“因为日料里大都是生冷的食物，像生鱼片鱼籽这些，沾着芥末吃。你能隔着芥末味只尝到这些食物的本味吗？”

“芥末的味道我倒是能尝到，而且还能感受到强烈的刺激。看来我以后只能吃寿司了，连薯片的番茄味都不能吃了。”李伟无可奈何地苦笑了一下。

“其实这样也挺好的，你能感受到食物最真实的一面，抛开了那些繁琐的香料味。一些食材其实并不那么好吃，比如毛肚和腰片。”思语伸出手抚摸着李伟的头，劝他不要过于感伤。

“哎，对了，小缪和逸航最近挺好的吧，有时候我看她好像有什么心事。对了，你和她熟吗？我的确不太了解她，一个美女高级西餐厨师，怎么会到这儿来给人家做保姆。有点屈才了吧？”李伟将书房门掩上，为了不让楼下小缪听到。

“我还以为你不会注意到呢！确实，细心的人才会看出来这其中有蹊跷。袁阿姨当时给她开的工资可不像你给的这么高，那个时候她也就是和普通白领一样的收入。”思语在书桌一侧的沙发上坐下，她叹了口气给李伟讲了起来，“小缪是我大学学妹，她是英语系的，我们在一个社团里，关系不错。她毕业后当了空姐，起初认识了一个英俊成熟的机长，他们发展很快，谈了很长时间的恋爱，小缪把什么都给了。结果有一天才得知，那个男的竟然是有老婆有孩子的，简直是个人渣！知道真相后小缪伤心欲绝，她是个好女孩，却被当了小三，自己怎么想得开啊！某天夜里她在单位宿舍的浴室里割腕自杀，幸好被同事发现及时就医，算是捡了条命回来。接下来她和那个人渣一刀两断，自己也辞职离开了民航业。后来她来找我合租了一套公寓，那时候的她整天郁郁寡欢，失去了收入只能靠积蓄活了大半年，好在最终还是走出来了。她爱吃西餐就去学了西餐料理，还到法国蓝带学院进修了两年。小缪是个很聪明的女人，学什么都又快又好，回国后她跟我说，只想找个类似私人保姆的工作。我估计她应该对上一段感情还有阴影，不想过多社交吧。恰好袁阿姨那边的保姆空缺，我就牵了个线，她就一直在这里了。”

“原来如此，真是情路坎坷啊！袁阿姨出国后我还以为她要辞职呢！那时候直觉告诉我最好留下她，这样就懒得自己再去找厨师了，所以才给她加了薪。原来她居然是个大厨，怪不得东西那么好吃！”李伟靠在摇椅上盯着天花板，突然他起身用有线拨盘电话拨通了楼下厨房，“喂，小缪，帮我做一份烟熏三文鱼沙拉，等会儿我就下来吃。”

“哈哈，以前没有深入体会吧？现在知道了肯定想再尝尝！了解人家为什么留下来吗？”思语看到他的举动哈哈大笑。

“为什么？”

“曾经，袁阿姨待她特好，阿姨出国以后小缪原本认真考虑过辞职。然而你开的工资和超五星酒店的主厨差不多了，让她始料未及，在外面根本找不到这样的工作，而且加上她觉得这里的环境轻松又熟悉，而且还有感情，马上就决意留下来了。还是李老板财大气粗啊！”思语打趣着说道，“但是，小缪最近告诉我，她在纠结要不要把她过去当空姐时的那件事，告诉逸航。你觉得，逸航得知了会怎样呢？”

“我认为没必要说，但我是相信逸航性格的，即使小缪说了他也不会在意的。两个人在一起，相遇就是缘分，能走到一起本来就是路过了很多的风景，好的坏的大家都遇见过，不必纠结于过往。要把重心放在一起以后共同经历的事。逸航就是这样的人，一切向前看。”

“听你这么说我就放心了，他们之间的事由他们自己定夺吧。你刚来这里的时候小缪她很聪明故意装作和我不熟，因为有陌生人，所以就要表现得专业一些。其实平时她和我无话不谈，她说逸航对她很好，让她很安心。那颗处处防备的心也渐渐融化了，她打心里挺感谢你的。”

“那很好，看来这次的轮回果然不一样。”李伟起身准备下楼吃三文鱼沙拉，“希望我们也能永远在一起。”

午觉刚醒，背脊就感受到了凉意，李伟端起保温杯喝了口热水，走到窗边看见雨滴从玻璃上一颗颗滑下，成了水晶帘子。一层秋雨一层凉，又到降温的季节了，他打开手机翻了下日历，思绪变得惆怅起来。

今天由于这场雨，咖啡馆生意一般，到了下午总共才来了几个客人。

李伟从衣柜里加了件衣服下了楼，他向通往后厨的帘子问道：“小缪，你在吗？”

“在呢！”小缪从里面走出来，她手里拿着手机，看来生意少，主厨也在偷闲。

“你会做月饼吗？中秋节快到了。”李伟语气和蔼但又很认真，同时走到留声机边换了张周璇的碟子。

“嗯？不太会，不过月饼和某些西式甜点大同小异，我可以马上学做出来。”她赶紧收起手机，毕竟在老板面前还是不能太随意。

“张逸航奶奶最近的病情加重了，你做些月饼，逸航长时间在外面出差，回不来。到时候做好了，你代替逸航去看看她老人家。今天下雨没客人，不做生意了，你马上就去准备吧。”李伟边说边把今天的网上预约订餐功能给关了。

“好的，我明白了。”小缪轻松的态度转瞬间变得认真起来，她明白这意味着什么，“我马上去买些做月饼的材料，争取今晚就能做出来。谢谢李哥！”

“对了，”李伟顺手指了指留声机，此刻周旋唱的是《长相思》，“逸航的奶奶和周旋一样是苏州人，要做苏式月饼。”

“苏式月饼最重要的是酥皮，这个西式甜点里学过，我拿手！”小缪拿起包和雨伞转身就出了门。

李伟听到关门声，整个咖啡馆就只有他一人了，思语要晚上做了节目后很晚才回来。于是他也拿了把伞，将咖啡馆门锁上向清泉寺走去。

雨中的巷子空无一人显得格外安静，只听得到雨滴落在伞上和树叶上的声音，李伟来到寺院门口，门却是关着的。毕竟是下午时段，寺院从没在这个时候关门。他敲了敲门，猜想是不是渡予和缘沁出去办事去了。

好在过了一会儿门就开了，开门的是缘沁。

“李施主您好，阿弥陀佛，正好您来了。”缘沁将寺门打开请李伟进去。

“今天怎么不开门呢？渡予师父怎么了？”他注意到缘沁不安的表情。

“师父昨晚病了，今早起来师父还躺在床上起不来，我就请中医馆的医生来开了个方子，他方才服了药，坐在床上休息呢。”

“快，带我去见见他！”李伟听闻快步朝内院走去。

渡予的卧房在藏金阁东面，里面只有一张床遢、一张方桌和一把藤椅。渡予半躺在床上，方桌上还放着刚喝完中药的陶碗，他见李伟进来身子吃力地坐正起来。

“大师您别起来，躺下就好，多休息！”李伟赶紧和缘沁一起将渡予扶住。

“没事，我身体不碍事。缘沁，你去倒杯茶来。”渡予摆摆手，说话时还咳嗽了几声。

缘沁小师父将茶端来，渡予说想单独和李伟聊几句话，他便告退了。

“大师您这是怎么了，平时看您身体很健硕啊。”

“唉，老衲这是心病引起的，难治咯！”渡予盘腿坐在床榻上，手上捏着串念珠，边盘边语气轻微地说着，这个老人像是一夜间被突然间抽空了元气。

“老衲昨夜在佛主面前为李老太诵经祈福的时候，念到一半突然来了一阵风，将面前的油灯吹灭了。这油灯是我来寺院就点上的，二十年从未熄灭过，再大的风都挺过来了，偏偏就在昨晚，在为病重的李老太祈福时没了。李施主，您肯定懂其中的含义吧？”他双目紧闭不愿睁开，头不停地晃动，难以接受这种预兆。

“大师既然知晓了，还请您好好养病。您也明白，生老病死人之常情。一切都是天意吧。”李伟不知该如何安慰他，一个旬旬老者饱经风霜，人生的道理定比自己懂得多，只是事因已出，一时半会儿还来不及用道理来安慰自己。

渡予闭口不言，手里的念珠不停在转动。

李老太躺在病床上，她已无法再起身招呼客人了，从她的眼神中能够看得出高兴和安慰。

“李奶奶，这是逸航的女朋友小缪，她今天来看您了，逸航出差去了，要过几天才回来。”李伟站在小缪身后对躺在病床上半睁着眼睛的李老太说。

“奶奶好，中秋节快到了，这是我给您做的月饼，苏氏的，您有空吃一些吧。我先给您放桌上了。”小缪也很懂事，她走到床头将李老太的被子盖好，好让她仔细看看自己。

张逸航的父亲张援朝张叔今天也在，他看见李老太嘴唇在动，马上靠了过去。

李老太说话声音很微弱，这几天只有她儿子将耳朵靠在她嘴边听懂后才能再转达给别人。

“她说你很漂亮！”张叔挨在老太太嘴边仔细听着。

“她说谢谢你的月饼，真有心，晓得我老婆子是苏州人。”他说完这句话便停下了，李伟看到李老太的嘴唇还在动着，张叔却脸红了。过了好一会儿，大概是老太太明白他还没把剩下的话转达给小缪，便将手从被子里伸出来捏了他一下。

“她，她还说，逸航人很好的，你嫁到我们家来，我们一定像待女儿一样好好待你，她还问你们打算什么时候结婚。”张叔说完不好意思地低下头。他其实也是刚见到小缪，第一眼也很满意这个未来的儿媳妇，但是刚见面就问婚姻大事，并且自己儿子还没在场。

转达完这些话张叔显得有些尴尬，他对小缪抱歉地笑笑，希望她能理解。

小缪听闻立马走过去，将李老太伸出来的手牵住，她靠在她耳边大声地说：“奶奶，等逸航回来我就和他去领证！你要保重身体，一定要参加我们的婚礼！”

霎时，在一旁站着的张叔愣了，小缪说的话无论是安慰李老太还是真的打算和逸航结婚，都说明这个女孩非常懂事。张叔瞪大眼睛充满感激地朝小缪点点头，这个他连全名都不得而知的女孩从今往后就是他的儿媳妇了？果真如此，他心里实在是相当满意。

李老太眼里含着泪光拼命点头，用尽全力挤出了一个笑容，同时喊了个“好”字。

自零号2015年以来，李老太临终之际张逸航都不在身边。那一刻的她已奄奄一息，双眼已看不见任何东西了，不断轻声喊着自己孙子的名字，张叔红着眼拍拍李伟的后背，李伟知晓了其中含义，他上前牵住李老太的手跪在她身边扮演逸航。

李伟将耳朵靠到她嘴边，听她说：“航航啊，你还记得小时候那个汤耀祖爷爷吗？我给他留了封信，你虽然和他不熟，但是你的名字是他给你取的，他现在在城北的清泉寺出家，叫渡予师父。你代我把信交给他，那封信在我枕头下面，一定要答应我。以后结了婚，记得带媳妇儿来给奶奶烧炷香。”

前几次轮回，他都只是将信转交给逸航并转达了遗嘱，并不曾见过渡予。

这次轮回开头，李老太身体还硬朗时，李伟偶然去逸航家里蹭饭遇见她老人家，不经意间谈论起城里有哪座庙子比较灵，李奶奶当即就强烈地向他推荐了清泉寺。

从前，李伟也曾听逸航说起过那位汤爷爷。所以他肯定，一个在别人最困难时能够主动施予援手的人，必然是值得信任的。因此，他才会首次见面就向渡予述说自己的境遇。

结果，渡予大师真的点化了他的心头之惑，让自己坚定不移地走下去，感情问题故得圆满。

事到如今，李伟很好奇那封信写的是什么，两位老者过去有着怎样的故事？

病房窗外，院子里梧桐树的黄叶开始掉落，一片片散落在窗台上。李伟侧身悄悄将窗户关上，生怕冷风灌入使原本凄凉的气氛更加雪上加霜。屋内的气氛凝重而悲痛，张叔张婶和小缪站在床的一侧，他们注目着入殓师小心翼翼地将李老太抬起，将她装入裹尸袋用拉链封好再抬走，一行人跟在后面向医院旁边的殡仪馆走去。

李伟仍然没有提前告诉逸航，李老太会在今天去世，原本他以为今年有了小缪，结果会不会不一样。的确，正如渡予大师所言，有些事情任何人都无法改变。

此刻的逸航一定在归途的航班上悲痛欲绝。

前几次的轮回，每到李老太临终时李伟就在犹豫要不要提前告诉逸航，可他始终未曾这样做过，一是因为那段时间恰好逸航正在北京参加很重要的培训，二是确实难以启齿，搞不好还要被人误会。听张叔说李老太上午还是神采奕奕，和他讨论啥时候给逸航办婚礼的事，午饭过后就一觉不醒了。

殡仪馆里清泉寺的缘沁小师父在李老太的灵前诵着经，渡予大师的病还未痊愈，无法亲自前来。这样也好，如果他看到李老太躺在冷冰冰的玻璃罩内心情定会更加悲痛。

第二天一早，李伟来到清泉寺正好碰上缘沁出门准备去殡仪馆继续诵经。

“大师身体可好？”他注意到寺门上多了个告示，说的是要闭寺三天。

“阿弥陀佛，师父他还躺在床上，他说是心病吧。李施主，您来了正好陪陪他，我先走了。”

寺院里缺少了香火味顿时变得冷清不少，屋檐上的燕子在一周前就南迁了，屋顶也散布着暗黄的梧桐叶无人打扫。李伟走到后院看到厨房还冒着热气，那是缘沁给渡予保温着的午饭。渡予的房门微开，李伟在门外敲了敲门便轻推开走了进去。他看到渡予半坐在床上微闭着眼睛念着经，房间桌子上摆了个新买的小音箱正在放着佛曲，桌子上还多了一个香炉，青烟直上，房间里弥漫着醇厚的檀香味。

“大师，您还好吧？”李伟走近渡予弯腰轻声问道。

渡予没有回应继续念经，他抬起一只手示意李伟就座稍等，过了好一会儿小音箱的佛经颂完了，渡予慢慢睁开眼睛。李伟这才注意到他眼里布满血丝，看来是一夜未眠，渡予缓缓开口说："缘灭了，老衲在这世上最后的牵挂已然离去，心境触到一阵轻飘。"

他缓慢地下床李伟起身将他扶住，两人一同来到大殿前的院里，李伟去取了一炷香插在香台上。

“老衲都闭门些日子了，身子在前几天刚略有好转。可是昨天傍晚敲暮鼓时突然感到一阵心痛，竟昏了过去。还好缘沁就在一旁，他立刻扶我上床照顾。老衲预料，李老太在那刻归天了，当时身体不便，就立即派了缘沁去她灵前诵经念佛。本是需要通宵念经的，缘沁放心不下我，中间又回来照看，这段时间很是辛苦他了。”渡予扶着法杖在台阶上坐下。

“大师您还是好好保养身体，早日康复才是。”李伟从大殿里倒了杯热水端给渡予。

“既然老衲在世上已了无牵挂，或许离看到我儿我孙的日子不远了。”渡予将杯子放在台阶上，自己抬头仰望着天空。

今天是阴天，天空灰茫茫一片，使人也郁郁寡欢。

“李老太临走时逸航不在，她双眼已看不见了，我装成逸航给她送的终，她最后给我说有一封信要交给您的。前几次轮回我都是等今天逸航回来后转达给他，然后由他带着信来找您。然而，这次由于天气原因逸航那趟航班晚点，他现在还在北京，我在电话里告诉了他这件事，他说怕是紧要的事，于是让我直接把信交给您。”李伟从西装内袋里掏出信双手递给渡予。

这是一个普通的信封，拿捏起来也很薄，渡予打开信封一张银行卡滑了出来掉在他的僧袍上。渡予将其捡起来翻来覆去看着，他低头不语，或许臆测到了李老太的用意。他将里面的信抽出，与其说是信，不如说只是一张便条：“耀祖大哥，该对你说的话上次你来看我时，我都说了。本想提笔再写几句，仔细一想也没什么好写的了，大恩不言谢！这几十年你帮我很多忙，我也无以为报，这张卡里是我自己的一些积蓄，算是捐给功德箱了，你拿着给寺院破旧的地方修整好了。卡号密码就是你的农历生日。祝平安健康，颐养天年。李孝惠。”

渡予无力地撑住身体，他太衰老了，已流不出眼泪，只能倚靠在大殿柱子上弯腰喘息着。李伟从来没有听到过一位老者发自内心的哀号，沉闷而凄凉，李伟上前搀扶住他：“大师，您也明白人死不能复生，节哀顺变才是，别太过于悲伤了！”

“老衲出家二十年，这些道理何尝不明白？只是事出于己顿时无法释怀。”隔了很久，渡予撑着法杖慢慢起身，一步步踱到大殿内在佛像旁盘腿坐下，“李施主请回吧，贫僧想独自待一会儿。阿弥陀佛！”

李伟关上寺院门时回过头看了看渡予，烛灯的映衬下一个瘦弱的背影敲起了木鱼，声音苍白空灵回荡在四周。

收到渡予住院的消息是在李老太去世后的一周。那天缘沁小师父给李伟打了个电话，说是渡予师父这几天身体很不好，去医院检查了一次，医生说他必须住院了。

“是什么病呢？”李伟很急切，他今年才认识大师，不想在这一年的时间里失去两个身边的人。

“医生给我说师父年纪大了，可能是前段时间心情低落，茶饭不思，一直拖到现在眼前，全身各个器官都出现了功能性的衰退，只有保守治疗了。”缘沁的语气难掩失落。

“在哪家医院？哪个病房？”

“就是李老太太住过的这家医院，病房号我稍后发给您。”

渡予的病房就在当时李老太住过的对面，很好找，李伟提了一些水果和自己咖啡馆里打包的番茄罗勒意面前来看望。大师正好在休息，他换上了蓝白条纹的病号服，李伟这才察觉到渡予的身躯已骨瘦如柴，过去他穿着僧袍，由于衣服宽大所以看不出来。

“李施主您来啦？”李伟刚把东西放下，就听到渡予虚弱的讲话声。

“大师您这是何苦，听说这几天都没好好吃饭，我叫小缪做了上次您吃的意面，快起来吃几口吧。”李伟搭好餐台，上面还特地放了一杯刚泡好的热茶。

“这是寺里的竹叶青吧？这味儿我一闻就晓得，是年初李老太送的。”渡予请李伟将病床摇起成坐姿，他先端起茶来轻轻吹凉抿了一口，“嗯，是雅安今年的新茶，老衲估计喝不到明年的了。”

“大师您好好吃饭，这病好好保养是能好的。”李伟见渡予能动筷子了，心情应该缓和了许多。

“唉，我这辈子失去的太多了，连最后一个牵挂的人都走在我前面，此刻反而也心如止水。”渡予吃了几口放下筷子，“吃不动了，吃不动了。可惜了这么好的美味啊！”

“大师可否还有在世的亲人？”李伟不强求渡予继续用餐了，他收起餐具将床调成半躺。

“没了，我儿子快三十年前就得肺结核走了，孙子二十年前一场火灾也走了。最近做梦老是梦到他们。”他眼里闪烁着泪光。

“听说，那场火灾以后，大师就来到清泉寺出家了？”以前听李老太提起过，不过她也没讲太多，而且李伟曾经提起此事时，李老太都稍许回避转移话题。

“是啊，那天我刚把汤小康，也就是我孙子下葬了。从青城山回到店铺，一路上如同行尸走肉般没了魂，我甚至计划着晚上去八里庄的东货站，在那里往铁轨上一躺，直接见他们爷俩得了。刚到店门口发现有只猫在朝我‘喵喵’叫着，我赶它走，它居然跳到路上又朝我叫，于是我就跟着它，途中它还不停回头招呼我生怕我跟掉了，前后竟然跟了它一个小时，走到一条巷子里它才不见了。正纳闷着，一抬头就看到了清泉寺的门匾，确实是机缘巧合吧，于是就进了寺庙遇见了沐安大师。我把我一生的遭遇讲给他听，他不断安慰开导我，我很感动便在庙里住下了。过了两个月他有一次询问我要不要就留在清泉寺出家，希望黄灯卷轴、晨钟暮鼓的生活带给我永久的安宁。”渡予端起茶杯喝了一口，水温恰好，茶香让他暂时忘记了疲惫，满足地点了点头。

“于是您就答应了？”

“不，当时有件事让我放不下，可以说是儿女私情吧。”他意味深长，望着窗外的天空，继续说道，“李孝惠，也就是李老太，帮了我很多忙。毕竟子强哥牺牲后，从战场回来这几十年里我也帮了她不少忙，这一来二去，她便对我产生了感情。可我这几十年一直把她当妹妹，兄弟的女人，我怎么能占便宜，以后我死了都不好意思见张子强了。自从小康他爸走后，孝惠便经常来店里帮我打理生意，介绍些她熟悉的街坊邻居来我这里修修买买。后来小康也出事夭折了，她看我孤苦伶仃一个人，便主动提出和我结婚，想要用余生来照顾我。见我迟迟不肯答应，有一天她说她在梦里给子强说过了，他答应了，说让她好好在剩下的日子里和我在一起，那一刻我真的即感动而又心动。”

“那您最后怎么还是选择了清泉寺？”李伟拿起热水壶往渡予茶杯里加了些水。

“当时的我很迷茫，不知道该如何取舍，便去问沐安大师，大师说尘世的生活纷纷扰扰变幻无穷。众生皆苦，而我已在这世上受了太多苦难，既然天意指引来到寺门口，当初选择进寺就等于接上了佛缘，何苦再让儿女私情左右余生。沉思许久，我这一生的不幸或许真的是天命难违，因此我拒绝了孝惠的好意。孝惠当时很伤心，我也很伤心，一旦遁入空门，我与她就是两个世界的人了。剃度那天天下着大雨，大师说这是好天气，本寺所有僧人的法号里一定要带‘水’字，因为寺名里有水，水能克火，寺庙大殿是全木结构的快两百年了必须要防火。沐安大师给我起名‘渡予’佛渡有缘人，愿清泉寺能给予我平静的晚年。师父第二年开春圆寂了，正好那群燕子来寺里筑巢，我就当它们是师父的化身一直陪伴着我。从那时起，清泉寺就是我余生的归宿。过了很长时间，孝惠接受了这个事实，说要和我做一辈子的兄妹，再后来她就经常来看我，介绍了不少人来我这里捐香火钱，寺庙能维持到现在她功不可没。李施主，您就是她介绍的其中一个香客。”讲了这么长一段话，渡予精疲力竭，不知不觉靠在枕头上睡着了。

世间哪有那么多惊天动地的爱情故事，能走到最后的，都是秉承着一颗想要好好照顾你的心。

几颗雨花在玻璃窗上滑下，李伟将它们关上，再把渡予的被子盖好，轻轻关上了门。

“李施主，这么晚打扰了，师父他老人家突然想见您。”冬日里某个寒冷的雨夜电话声响惊醒了李伟，这是缘沁师父的声音。李伟瞬间料到了即将发生的事，马上起床穿好衣服向医院赶去。

渡予躺在病床上见李伟来到，握住他的双手：“李施主，您可来了，有件事需要拜托您。缘沁，把东西拿出来。”李伟从他的神色上看出，这位老人已走到了生命的尽头，此刻回光返照的神色和李老太临走前相同。

缘沁从布口袋里拿出一个生锈的铁盒双手递给李伟，他接过来疑惑地看着渡予。渡予深吸了口气对他说：“帮老衲将盒子交给一个叫安越的年轻人吧，老衲会指引他到年轮咖啡馆来的。这里面的东西本该是他的，我自己留了二十年，是时候还给他了。我给他写了封信也放在铁盒里，他一看便知。”

“好的，我会按照大师您的吩咐给他的。”李伟将铁盒子装进了牛皮口袋。

“还有一封信，是给您的。不过现在别看，如果，老衲是说如果，李施主在跨年夜后又回到了今年年初，再将此信打开。”渡予从枕头下抽出一个信封交给李伟。

李伟迟疑了一下，还是收下了，其实他并不希望这封信会被打开。

这时进行急救的医务人员推门进来，渡予向他们摆了摆手。“不用抢救了，是时候该走了。施主珍重。”说完闭上了眼睛，嘴角稍稍扬起，留着那抹初次见面时的微笑，离开了人世。

身后的缘沁已默默诵起了佛经，他要将师父的魂魄引渡到西方极乐世界。

从李伟进入病房到渡予去世，时间上才不到五分钟，太快。

李伟僵在原地呆呆地盯着渡予的遗容，还以为他只是睡着了。

如果真有天国，希望渡予在那里能像在梦中一样幸福。

晴朗了一天的好天气，到了黄昏时分却又变得阴沉，漂起了小雨。

第一次送走了安越，李伟在吧台椅上坐了下来，他像完成了一件光荣使命似的脸上充满了快乐的成就感。这种温暖的感觉和当初看到泽晗好端端的躲过石安水电厂劫难一样，满足而又兴奋。

“小缪，快去约会吧！逸航还在等你一起跨年呢。”李伟朝着厨房间喊了一声，他拿上还未喝完的红酒，带了两个酒杯上了楼。打算将剩下的时间和此时已在楼上等待的林思语渡过。

“这次轮回比前几次如何？”思语接过酒杯等待着李伟的回答。

“无与伦比，像是找到了久违的归宿感。在今年前我从来没有和人敞开心扉、毫无遮掩地聊过天。最重要的是我们还在一起。”他在沙发上坐下，忽然想起李老太和渡予大师，不免感伤起来。

思语明白他的思绪，她举起酒杯，脸上保持着一脸自信的笑容。“没关系的，很多事都是自己不能控制的。今年这么不一样，真的会顺利地过渡到2016哟！”

李伟还没从伤感的情绪中走出来，每年到了这个时候，他的心情会相当复杂。

如果真的能顺利迎接2016当然是最好的结局。

今年的故事已近乎完美，如果再一次清零，不晓得自己还有没有意愿和精力把眼前的一切复原。

还有另一个不幸的预测在他心里埋藏了许久，他低下头游离地注视着晃动的酒杯，眼里充斥着由悲观产生的失落感。“算上今年，我在2015年里已轮回七年了，如果一切恢复正常，会不会当新年钟声敲响的时候，我一个人直接来到2022年？然后在那时，我已经三十好几，孤身一人，身无分文，会不会变成满脸胡须、皱纹凸显的大叔？你到时候在哪里，过得好不好？这些我都不清楚。”

思语欢快的表情逐渐褪去，她并不是被李伟的情绪所带动而变得同样悲观，相反，她用郑重承诺的语气说道：“果真如此的话，我也敢保证我会在你的身边。甚至，如果过了不知多少个轮回，哪怕是百年以后你突然变成一堆骨灰，我也敢保证，在你的墓旁一定有我伴你长眠！”

李施主：

当您读到此信时或许还是回到了2015年。果真如此也请您不要灰心，不要厌烦。您不是说过每一个2015都有不同的地方吗？细微之处也可知精彩。

老衲出家以来一直在思考人生无常且苦短，到底是为了什么？最终我们追求的是什么？快乐？幸福？这些必然不是全部，最重要的是能寻找到一种让自己安逸又能让他人安逸的生活。

这样的生活不需要变得多么伟大，一花就成一世界，只要当您或您身边的人遇到困惑和烦恼时，有一片使心重归平静的地方。清泉寺是，您的年轮咖啡馆也是。

李施主您是一位奇人，能够有机会去弥补一年内留下的遗憾，去拯救危在旦夕的朋友，去重温恋恋不舍的感情，而且可以一次比一次做得好。相信您已将贫僧的信转交给安越了吧？万分感谢，也相信安越读完那封信后已解开心头之结。李施主可曾感受到，当您帮助安越解开那近二十年的困惑后，也会在心底涌起一股暖流？

老衲确信李施主是一个热爱帮助他人并能在其中得到满足的人。果真如此，那请您将年轮咖啡馆一直开下去吧！年复一年，您会一直快乐幸福并且安逸下去的。

每个人的命运都是独一无二，相信施主您已欣然接受这样一份礼物了。

有空常来寺里坐坐，老衲平时挺清闲，多陪我说说话吧。

清泉寺·渡予

2015年11月底

图书在版编目（CIP）数据

一生之年 / 九里云著. —— 青岛：中国海洋大学出版社, 2019.5
ISBN 978-7-5670-2366-6

Ⅰ. ①一… Ⅱ. ①九… Ⅲ. ①长篇小说－中国－当代
Ⅳ. ①I247.5

中国版本图书馆CIP数据核字(2019)第185048号

出版发行 中国海洋大学出版社
社　　址 青岛市香港东路23号　　邮政编码 266071
出 版 人 杨立敏
网　　址 http://pub.ouc.edu.cn
电子信箱 2654799093@qq.com
订购电话 0532-82032573（传真）
责任编辑 郭　利　电话 0532-85902533
装帧设计 祝玉华
照　　排 光合时代
印　　制 日照日报印务中心
版　　次 2019年9月第1版
印　　次 2019年9月第1次印刷
成品尺寸 150mm × 210mm
印　　张 8.5
字　　数 180千
印　　数 1-1000
定　　价 38.00元